女儿红

简媜 著

江苏凤凰文艺出版社

图书在版编目（CIP）数据

女儿红 / 简媜著. -- 南京 : 江苏凤凰文艺出版社,
2025. 6. -- ISBN 978-7-5594-9543-3
Ⅰ. I267
中国国家版本馆CIP数据核字第2025T8D673号

著作权合同登记号：10-2025-5

本著作物经北京时代墨客文化传媒有限公司代理，由作者简媜授权在中国大陆独家出版、发行中文简体字版。

女儿红

简 媜 著

责任编辑	项雷达
总 策 划	刘 平
图书策划	王慧敏　大　仙
营销支持	卢 琛
封面设计	所以设计馆
责任印制	杨 丹
出版发行	江苏凤凰文艺出版社
	南京市中央路165号，邮编：210009
网　　址	http://www.jswenyi.com
印　　刷	北京中科印刷有限公司
开　　本	787毫米×1092毫米　1/32
印　　张	7
字　　数	128千字
版　　次	2025年6月第1版
印　　次	2025年6月第1次印刷
书　　号	ISBN 978-7-5594-9543-3
定　　价	58.00元

江苏凤凰文艺版图书凡印刷、装订错误，可向出版社调换，联系电话025-83280257

序
红色的疼痛

想要推敲一种冷肃的姿势与声音为这本集子说几句话，枯坐半日，心思缥缈，如浮云、流光无法拘捕入罐。于是，我只是坐在书房的老位置，看着初夏的微风曳动一蓬蓬茂密的竹叶，摇晃老老少少的绿，那窸窸窣窣的声音里藏着一只略嫌兴奋的蝉，叫得好像新科状元。

天籁具在，让人放心。

也许是完成一本书后，习惯性出现忧郁状态，才会觉得千言万语不说也罢；也许背景可以拉得更宽些，看看文学在现代社会的处境，想想所剩不多的固守着孤夜寒窗的文学信众，到底意义何在？便不由得让心情在谷底行走。有这样的情绪，毕竟是沉不住气的小溪境界吧！在那些胸怀瀚海、与天地共吞吐的人心中，再怎么焦躁的时代不改其贞静，处境与意义云云何需鼓舌以辩？一切答案不就在孤夜寒窗里吗？

而孤夜寒窗不就为了"趣味"吗？人间世的趣味，生命的趣味，与天籁闲闲对答的趣味。

这么想，也就可以关门闭户，安安静静把墨磨下去了。

回到这本书吧，依例也是砍砍杀杀才成其面目。主要收录一九九一至一九九六年，五年间作品，部分文章的创作期与《胭脂盆地》重叠，但因各有所属，所以迟至今日才收编。大约在六年前，即构想写一本探勘女性内在世界的书，窥其情感奥秘，听其扎挣之声。一路走走停停，恣意穿梭新旧时光及各阶段女貌之间，便写成今日的模样。首先，这书虽属散文，但多篇已是散文与小说的混血体；次之，我未把女性放在男性的经纬度上去丈量、剖读，因为她们即是自身的经纬，无须外借；最后，如果这些故事读来有"蝉蜕"意涵，也是从"旧我"蜕为"新我"，并非从残缺的半人走向全人。但我也必须承认，故事中的女人各有各的艰难行旅，她们没有外援，只能自己做自己的领航。我追踪她们的步履，摹写女性的壮丽与高贵。

"女儿红"历来指的是酒，旧时民间习俗，若生女儿，即酿酒贮藏，待出嫁时再取出宴客，因此也称"女酒"或"女儿酒"。这大红喜宴上的一坛佳酿，固然欢了宾客，但从晃漾的酒液中浮影而出的那幅景象却令人惊心：一个天生地养的女儿就这么随着锣鼓队伍走过旷野去领取她的未知；那坛酒饮尽了，表示从此她是无父无母、无兄无弟的孤独者，要一片天，得靠自己去挣。从这个角度体会，"女儿红"这酒，颇有风萧萧兮易水寒的况味，是送别壮士的。

辞书上说，有一种红萝卜别名"女儿红"，十足的乡土气息。想象某个冷冽的早晨，庄稼人拨雾来到菜圃，寒霜冻悚了果蔬，唯有那一畦萝卜田闪闪发光，长梗裂叶看起来精神饱满，握手一揪，一根根结实的、鲜美的红萝卜喜滋滋地破土，好像一颗颗又长又胖的钉子，默默地把山川湖海钉牢。这么一想，"女儿红"又接近了地母性格。

一半壮士一半地母，我是这么看世间女儿的。然而经验中，让我刻骨铭心的红色，却跟血、牲礼与火焰有关。血色，残酷的红。我总是记得一条浅色毛巾被汩汩流出的人血染成暗红的情景，那毛巾像来不及吮吸的嘴，遂滴滴答答涎下血水。人血，当然是死神的胭脂。我想，若仔细看，会发现血的颜色里有多层次的暗影，所以那色泽才能包藏丰富的争辩：死亡与再生，缠缚与解脱，幻灭与真实，囚禁与自由。缘此体会，故有辑一。

而牲礼的红是属于童年时代跟母亲有关的记忆。年节祭祀中，"红龟粿"与"面龟"的红令人感到温暖。不独是食物本身可口及其背后隐含的信仰力量才叫人缅怀，更重要的是每一幢砖瓦屋内都有一名把自己当作献礼的女子才使那红色有了乡愁的重量。因此，辑二四篇，难免带着母性。

火的颜色与火鹤花的红原本无涉，但我欢喜火鹤的意象：

浴于烈焰，振翅高飞，一路拍散星星点点的火屑。那纯粹的红色里藏有不为人知的灼痛，辑三的故事，就当作幽深隐秘的内在世界里，一枚枚火燎的印记吧。作者自述至此，也算坦白从宽，再往下写，就接近悔过书了。有一件事倒是要提。今年是洪范书店二十周年庆，一家文学出版社的弱冠之礼。十一年前，我只是一个初出茅庐的新人，洪范出了我的第一本书《水问》，这份情义记下来了，跟着我从青年转入中岁。这些年来文学出版之路的萧索与炎凉，并未让叶步荣先生改弦易辙，洪范还是洪范，这样的出版意志与对书的品质的坚持，无疑已树立了标杆。

恭喜洪范二十岁。也许，在冷的气流中，意义与价值才会变成更清楚。毕竟，文学不是为了热闹而来。

一九九六年六月，端午节前夕
写于台北

目录

辑一

暗红

四月裂帛	003
在密室看海	027
贴身暗影	053
秋夜叙述	065
哭泣的坛	079
女鬼	086
雪夜，无尽的阅读	096

辑二

砖头红

女儿状	119
一袭旧衣	125
女人刀	130
母者	134

辑三

火鹤红

某个夏天在后阳台	147
咖啡小馆里的狼	153
亲吻地板	155
水牢	157
孪体	160
宾馆	162
当年旧巷	164
空篮子	166
梦魇	168
腐橘	170
自画像	172
温泉乡的歌手	174
戏票	176
演员	178

忧郁猎人	180
产权	182
记忆房间	184
红纽扣	186
隐形贼	188
同居纲领	190
萤火虫	192
玻璃夕阳	194
末班车上的女人	196
密探	198
不为人知的祝福	200
拖鞋志	202
口红咒	207

自修小记   213

辑一 暗红

四 月 裂 帛
——写给幻灭

三月的天书都印错,竟无人知晓。

近郊山头染了雪迹,山腰的杜鹃与瘦樱仍然一派天真地等春。三月本来毋庸置疑,只有我关心瑞雪与花季的争辩,就像关心生活的水潦能否允许生命的焚烧。但,人活得疲了,转烛于锱铢或酒色或一条百年老河养不养得起一只螃蟹?于是,我也放胆地让自己疲着,圆滑地在言语厮杀的会议之后,用寒鸦的音色赞美:"这世界多么有希望啊!"然后,走。

直到书店里一本陌生的诗集飘至眼前,出版多年仍然停在初版的冷诗,我们还是诗的后裔吗?于是,我做了生平第一件快事,将尘封在角隅的所有诗集买尽——原谅我鲁莽啊!孤独的诗人们,所有不被珍爱的人生都应该高傲地绝版!

然而,当我把所有集子同时翻到最后一页时,午后的雨丝正巧从帘缝蹑足而来。三月的驼云倾倒的是二月的水谷,正如薄薄的诗舟承载着积年的乱麻。于是,我轻轻地笑起来,文学,真是永不疲倦的流刑地啊!那些黥面的人,不必起解便自行前来招供、画押,因为,唯有此地允许罪愆者徐徐地申诉而后自行判刑;唯有此地,宁愿放纵不愿错杀。

原谅我把冷寂的清官朝服剪成合身的寻常布衣,把一品丝绣裁成储放四段情事的暗袋,三行连韵与商籁体,到我手上变为缝缝补补的百衲图。安静些,三月的鬼雨,我要翻箱倒箧,再裂一条无汗则拭泪的巾帕。

1

无所事事的日子。偶尔
(记忆中已是久远劫以前的事了)
涉过积雨的牯岭街拐角
猛抬头!有三个整整的秋天那么大的
一片落叶
打在我的肩上,说:
"我是你的。我带我的生生世世来
为你遮雨!"[1]

1　引自周梦蝶《积雨的日子》。

在你年轻而微弱的生命时辰里，我记载这一卷佶屈聱牙的经文，希望有朝一日，你为我讲解。

如果笔端的回忆能够一丝丝一缕缕再绕个手，我都已经计算好了，当我们学着年轻的比丘、比丘尼入舍卫大城乞食，于其城中次第乞已，还至本处时，我要把钵中最大最美的食物供养你，再不准你像以前一样软硬兼施趁人不备地把一片冰心掷入我的壶。

我们真的因为寻常饮水而认识。

那应该是个薄夏的午后，我仍记得短短的袖口沾了些风的纤维。在课与课交接的空口，去文学院天井边的茶水房倒杯麦茶，倚在砖砌的拱门觑风景。一行瘦樱，绿扑扑的，倒使我怀念冬樱冻唇的美，虽然那美带着凄清，而我宁愿选择绝世的凄艳，更甚于平铺直叙的雍容。门墙边，老树浓荫，曳着天风；草色釉青，三三两两的粉蝶梭游。我轻轻叹了气，感觉有一个不知名的世界在我眼前幻生幻化，时而是一段佚诗，时而变成幽幽的浮烟，时而是一声惋惜——来自一个人一生中最精致的神思……这些交错纷叠的灵羽最后被凌空而来的一声鸟啼啄破，然后，另一个声音这么问：

"你，你就是简媜吗？"

我紧张起来，你知道的，我常忘记自己的名字，并且抗拒在众人面前承认自己，那一天我一定很无措吧！迟钝了很久才说："是。"又以极笨拙的对话问："那，你是什么人？"

知道你也是学中文的，又写诗，好像在遍野的三瓣酢浆中找四瓣的幸运草："唷，还有一棵躲在这儿！"我愉快起来就会吃人："原来是学弟，快叫学姐！"你面有难色，才吐露从理学院辗转到文学殿堂的行程，倒长我二岁有余。我看你温文又亲和，分明是邻家兄弟，存心欺负你到底："我是论辈不论岁的！"你露齿而笑，大大地包容了我这目中无人的草莽性情。那一午后我归来，莫名地，有一种被生命紧紧拥住的半疼半喜，我想，那道拱门一定藏有一座世界的回忆。

毕竟，我只善于口头称霸，随后与你书信往来，才发觉你瘦弱的身躯底下，凝练了多少雄奇悲壮的天质，而你深深懂得韬光养晦，只肯凿一小小的孔，让琢磨过的生命以童子的姿势嬉嬉然到我眼前来。我们不问身世只论性命，更多时候在校园道上相遇，也只是一语一笑作别，但我坚信："这人是个大寂寞过的人！"

那时候，你的面目早已因潜伏的病灶难靖，稍稍地倾斜着，反正已经割过了而且是个慢性子的瘤，就不必管吧，只在你心力交瘁的时候，才憔悴起来。我叫你当心，你复来的信不痛不痒地说："今早文心课见你挽抱书本飘然而去，霎时间萌生一种远扬的感觉，没来得及跟你说。有回上声韵，下了课，正见你倦极而伏案，其时感觉也是一惊。记得有次夜深，与你不期而遇，你说从总图出来，回宿舍去。夜色下的你步履坚定，却透着层弱倦后的苍白。一直没能多问候你，反而是你看出我的憔悴。"你始终不愿意称我"简媜"，说这二字太坚奇铿锵，带了点刀兵；你宁愿正正经经地写下"敏媜"，说有了这"敏"字，行云流水起来，不遭忌的。我深深动容，你一片片莲灿，都为我惜生，而我能为你做什么？性格里横槊赋诗的草莽气质，总让我对最亲近的人杀伐征讨；难得有一回清清淡淡的小聚，临别时，我不经心窜出那头兽、那忘情负义恩将仇报的猛禽："保重哟，下一次见面或许九天，或九年。"你清和的面容浮掠一丝秋瑟，宽怀地笑纳这些语锋契机，你报平安的信通常这么作结："信、说话，欢喜日复一日。看你什么时候有空，小谈。我担心一语成谶。"

尔后，我离了学院，日复日载饥载渴，过的是牛饮而后快的星夜。偶有不死的诗心，才写些哀哀怨怨的信给亲近的人，你总是快快地回："外出三天，深夜踏雨归来，檐前出现一小叠信。中有你亲切的字迹，你的信柬自然令我喜欢……我的病情，好好坏坏，终须挨上一刀才见分晓。近两个月来的抱病自守，旦夕之间，情知对于生命的千般流转，尽须付与无尽的忍爱。我想，他朝小痊，如你之奔驰，亦须这样。一步一履，无非修行。至此，我依然深心乐观，来日或聚，愿其时你的事业大势底定，我亦澡雪精神。"

我们深心乐观着未来，几次击掌切磋，暗暗以创格自许，不屑袭调。负气使才如我，滔滔洒墨，似欲与千夫万夫一拼。

你见我清瘦异常，只吩咐我不可太夜太累，我委屈了，说："就活这么一次，我要飞扬跋扈！"你语重心长地说："早慧，难享天年的，古来如此。"

你珍贵我这顽桀的生命，大大地甚于你自己的。那一回生日，你特地去寻玉送我，一龙一凤绕着净瓶（啊！会是观音的净瓶吗？）。你说鬻玉的老者称这块玉的肌理具荷质，返家的途中经过南海路，你去植物园的荷花池，轻轻地轻轻地将这玉沁了又沁……你说："生命恒有繁华落尽的感觉，只不过，不染淤泥！"

病魔却与你弄斧耍戟，你的眼开始不自觉地泪，夜半常因拭泪而难以入眠，你谦称这是宿业使然。在你卜居的深山穷野，你宛若处子与生灭大化促膝而谈，抱病独居的信，不改涓涓细流的字迹："有天半夜不能安睡，出至阳台。山间天象澄明，月光大片大片洒落一地。忽然间，我看见自己月下的影子，细细瘦瘦，怯怯地，触目竟十分眼熟，但那分明不是日光中的'我'。我呆呆地忖忖想想，啊，是了——是童话时代的'我'！我好感动地望着那片身影，然后牵他入梦。偶得一悟，心情愿如庄周，处于病与不病之间。"

你第二度开刀，除去右颜面突变的肉瘤，我将一串琥珀念珠赠你，那是寺里一名师父突然脱下赠我的，我欢喜生命中"突然"的意象。你认真地戴在手腕，虚弱地在病榻上闭目。我又天真起来了，仿佛一名间谍，在你短兵相接的战场之前，先给你解药，你此后可以大胆地无惧地去迎喂毒的流箭。病后，你说："我渐渐愿意把所有的悲沉、蒙昧、大痛、无明都化约到一种素朴的乐观上，我认为它是生命某种终极的境界。你知我知。"

最珍贵而美丽的，是你赴港念比较文学之前的半年。你诗写得少了，专志狼吞文学批评的典籍，你戏谑这是一桩"反美"的工程，但要我千万注意，你并非不爱美。我说："管你家的什么美不美，天天念原文书，把一个人念得豆芽菜似的！"你每星期总要回长庚医院追踪病情，我们相约在中午，趁我歇班的时刻，你教我念书。常常在市嚣流矢的小咖啡店里，你取出一叠白纸、一支钢笔，在喝了一口微冷的红茶之后，开始以沙哑沉浊的声音，为我唤来"傅柯"（Michel Foucault），我静静地抱膝听着，进入神思所能触摸的最壮阔与最阴柔的空间，你的话幽浮起来："……如今，书写已和献祭发生关联，甚至和生命的献祭发生关联……"我幡然有悟："等等，我下一本书的架构出来了，你要不要听！"知识的考掘通常转化为创作的考掘，我是锈刀，拿你当磨刀石。你不也说了吗，我的生命太千军万马，终究不会听你这座"紫微"。实而言之，你是一则遥远的和平，为了理解你，我必须不断地战争。

有一回，茶冷言尽，你取出一张泛黄的黑白照片让我瞧：一名十岁男童倚在漫画书店的租台边，白白净净的，怯生生的，眼睛里有一股神秘的招引与微燃的悲喜，静静地与世界相看。我惊叹起来："多美啊！是你吗？"你欢喜地说："是！"

那一回，你送我回报社上班，沿着木棉击掌、槭实落墨的砖道，你微微地喟叹："天！给我时间！"

香港一年，你终因病发大量呕血而辍学，从桃园机场直奔林口长庚，医师已开了病危通知书。你却幽幽转醒，看着床边来来往往的好友、同窗；或者，你还在等，养育的父母早已双亡，而亲生的父母——一年前你才知道自己的身世，茫茫人海的一隅，藏着你未曾谋面的亲生父母。我知道你等着见他们一面，期待从他们不知所措、尴尬困窘的眼神里萃取一点人世的安慰，那么至少在你二十八岁合眼之时，你不是个孤儿。

你那时已不能进食，肉瘤塞住口舌，话也不能说了。你见我来，兀自挣身下床，从杂乱的行李中掏出一块精致的香皂，多少年前，我说过一日三浴更甚于心头欢喜，你在纸上写着："多洗澡！"那一霎——那百千万亿年只可能有一回的一霎，我想狠狠地置你于死。

在你生命最后，我几度到了医院却无法上楼看你，想回向给你七七四十九遍的经诵终于不能尽读，我压抑每一丝丝一缕缕一角角关于你的挂念。只有两回梦见，一次你以赤子的形象从半空掠过，我仰首不复寻踪；一次你款款而来，白白净净的面目，我大喜，问："你好了？"你笑而不答，许久许久才说:"还没开始生病啦!"梦醒后,深深地痛恨自己,现世里的大欢大美被解构得还不够吗?连在可以做主的梦土,也要懦怯地缴械。我终究是个懦夫,不配英雄谈吐。

那么,敬爱的兄弟,我们一起来回忆那一日午后,所有已生已死的神鬼都应该安静趺坐,听我娓娓诉说。

那一日,我借了轮椅,推你到医院大楼外的湖边,秋阳绵绵密密地散装,轮转空空,偶尔绞进砖岸的莽草。我感觉到你的瘦骨宛若长河落日,我的浮思如大漠孤烟。当我们面湖静坐,即将忘却此生安在,突然,遥远的湖岸跃出一行白鹭,抟扶摇直上掠湖而去,不复可寻。湖水仍在,如沉船后,静静的海面,没有什么风,天边有云朵堆聚着。

你在纸上问我:"几只?"我答:"十二只。"你平安地颔首。也许,不再有什么佶屈聱牙的经卷难得了你我。当你恒常以诗的悲哀征服生命的悲哀,我试图以文学的悬崖瓦解宿命的悬崖;当我无法安慰你,或你不再能关怀我,请千万记住,在我们菲薄的流年里,曾有十二只白鹭鸶飞过秋天的湖泊。

2

　　所以,如同亲人相见在一个夜晚
　　我们隔墙交谈

直到青苔爬上我们的唇

且淹没了我们的名字[1]

你把七年来我写给你的信还我，再也没有比这更苦涩的事了。

你在电话中说有东西要送我，约在医院门口见面，还要好好地晚餐。你的衣角仍飘荡着刺鼻的药味，这应是最无菌的一次约会。可惜的，惨淡夜色让你看起来苍白，仿佛生与死的演绎仍鞭笞着你瘦而长的身躯。最高的纪录是，一个星期见十三名儿童死去，你常说你已学会在面对病人死亡之时，让脑子一片空白，继续做一个饱餐、更浴、睡眠的无所谓的人。在早期，你所写的那首《白鹭鸶》诗里，曾雄壮地要求天地给你这一袭白衣；白衣红里，你在数年之后《关渡手稿》这样写：

恐怕

我是你的尸体衣裳

非婚礼华服

并且悄悄地后记着："每次当病人危急时，我们明知无用，

---

[1] 引自艾米莉·狄金森《我为美殉身》。

仍勉强做些急救的工作，其目的并非要救病人，而是要来安慰家属。"

你早已不写诗了，断笔只是为了编织更多善意的谎言喂哺垂死病人的绝望眼神。也好让自己无时无刻沉浸于谎言的绚丽之中，悄然忘记四面楚歌的现实。你更瘦些，更高些，给我的信息来愈短，我何尝看不出在急诊室、癌症病房的行程背后，你颤抖而不肯落墨讨论的，关于生命这一条律则。

终于，我们也来到了这一刻，相见不是为了圆谎是为了还清面目。七年了，我们各自以不同的手法编织自己的谎，的确也毫发未损地避过现实的险滩。唯独此刻，你愿意在我面前诚实，正如我唯一不愿对你假面。那么，我们何其不幸，不能被无所谓的美梦收留，又何等幸运，历劫之后，单刀赴会。

穿过新公园，魅魅魑魑都在黑森林里游荡，一定有人殷勤寻找"仲夏夜之梦"，有人临池模仿无弦钓。我们安静地各走自己的，好像相约要去探两个挚友的病，一个是七年前的你，一个是七年前的我，好像他们正在加护病房苟延残喘，死而不肯瞑目，等亲人去认尸。

"为什么走那么快？"你喊着。

"冷啊！而且快下雨了。"

晚餐。灯光飘浮着，钢琴曲听来像粗心的人踢倒一桶玻璃珠。餐前酒被戴着白手套的侍者端来，耶稣的最后晚餐是从哪儿开始吃起的？

"拿来吧，你要送我的东西。"

你腼腆着，以迟疑的手势将一包厚重的东西交给我。

"可以现在拆吗？"我心里有数，狡诈地问。

"不行，你回去再看，现在不行。"

"是什么？书吗？是《圣经》？……还是……真重哩！"我掂了又掂，七年的重量。

"你……回去看，唯一、唯一的要求。"于是，我装作什么都不知道，继续与你晚餐，我痛恨自己的灵敏，正如厌烦自己总能在针毡之上微笑应对。而我又不忍心拂袖，多么珍贵这一席晚宴。再给你留最后一次余地，你放心，凄风苦雨让我挡着，你慢慢说。

"后来，我遇到第二个女孩子，她懂得我写的、想的，从来没有人像她那样……"你说。

> "我察觉在不知道的地方，有一种东西，好像遥远不可及，又像近在身边；似在身外，又似在身内，一直在吸引我。我无法形容那是什么——或许是使得风景美丽的不可知之力量；或许是从小至今，推动我不断向前追求的不能拒绝之力量；或许是每时每刻我心中最深处的一种呼唤、一种喜悦、一种梦；或许是柯立芝（Coleridge）在他的《文学传记》所述的'自然之本质'，这本质，事先便肯定了较

高意义的自然与人的灵魂之间,存在着一种'关联'……想着,想着,《关渡手稿》就在这种心境写下来……"年轻的习医者在信上写着。

"她懂你像你懂自己一样深刻吗?"我问。
"我试着让她知道,我为什么而活。"你说。

"来此两个多星期,天天看病人,跟在医院无两样。空闲多,看海与观星成了忘我的消遣。我很高兴能走入'时间'里面去体会时间的分秒之悸动。《圣经》里说,人生若经过炼金之人的火及漂布之人的碱,必能尝到丰溢的酒杯。于是,我更能体会濒死病人的呻吟,可以真实地走过病眼深处的波浪洪涛。在'你的瀑布发声,深渊就与深渊响应'之际,虽然长夜仍然漫漫,我仍旧守候在病人的身旁,守候着风雨之中的花蕾,守候着天发亮的晨星……这是我衷心想告诉你的……"在东引海边的军营里,有一封信这么写。

"为了她,我拒绝所有的交往,我告诉另一个女孩子,我在等人;她哭了,也嫁人了。"你颓唐起来。
"啊!"我说,"这个女孩子真是铜墙铁壁啊!是你不能接受她是个非基督徒,还是她不能接受你的主?"

"我曾由只要去爱不是去同情的初学者,变成现在差不多以赚钱为主的医匠。我甚至陷在希望借研究与学术发表演讲来满足内心好大喜功之欲望里而不可自拔,我甚至怕自己突然因某种原因而死亡(很多医师因工作太累,开车打瞌睡而撞死)。目前,我正在钻研一种'内生性类似毛地黄之因子',我渴求能在两年内把它分析出来公之于世,以满足一己暂时的快感……我不知道我是谁?

"我渴望婚姻,但也害怕婚姻带来的角色改变,我是痛苦的空城。直到,我碰到了'她',我非常喜欢和她做朋友,但我的直觉和教会及所有的人认为我不能和一个非基督徒结婚。我相信我有能力做她的好朋友,但我不知道能否做她的好丈夫?我不能接受夫妻因信仰所发生的任何冲突,我又很希望她过着幸福快乐的日子,我当然希望结婚的对象也是基督徒……我可能选择独身,我是矛盾的人。"他写给她的第四十二封信写着。

"的确,"我啜饮着烫舌的咖啡,"天上的父必然要选择他地上的媳,如同平凡的妇人也想选择她天上的父。"

"我不懂她心中真正的想法,她真是铜墙铁壁!"你说。

"她或许了解你的坚持,你却不一定进得去她固执的内野。你们都航行于真理的海,沿着不同的鲸路。你只希望她到你的船上,你知道她的舟是怎么空手造成的?她爱她的扁舟甚于爱你,犹如你爱你的船甚于爱她。如果你为她而舍船,在她的眼中你不再尊贵,如果她为你而弃舟,她将以一生的悔恨磨折自己。的确,隐隐有一种存在远远超过爱情所能掩盖的现实,如果不是基于对永恒生命衷心寻觅而结缡的爱,它不比一介微尘骄傲。你们曾经欢心惊叹,发现彼此航行于同一座海洋;现在,却相互争辩,只为了不在同一条船上。假设,她愿意将你的缆绳结在她的舟身,不要求你弃船,那么你能否接受她的绳,不要求她舍舟?如果比身并航也不为你的宗教所允许,你只有失去她,永远地失去她。"

"我是一个失败的证道者!"你喟然着。

"不!"我说,"如果你不曾真诚地摊开你的内心,她早就成为你痛苦的妻。当你朗诵《诗篇》二十三给她:'耶和华是我的牧者,我必不至缺乏。他使我躺卧在青草地上,领我在可安歇的水边。他使我的灵魂苏醒,为自己的名引导我走义路。'你要相信,她因着这份感动才答应自己去寻找另一处无人到过的迦南美地。如果她在你心中仍然美丽,就是因为这一身永不妥协的探索与敢于迎战的清白足以美丽。

她一生不曾侍奉任何的主，而她赞美你，等同赞美了上帝。你信仰了主，你当终生仰望，你既然住着耶和华的殿，享有他赐予的粮，你何苦再寻一座婚姻的空壳？我只听说有人千方百计将他的茅屋改成宫殿，未曾闻过在宫殿里另筑茅舍。你成全了她走自己的义路，这是你给她最大的福音。她住在她那寒碜的磨坊，无一日不在负轭、磨粮，你要体会，不是为了她自己，为了不可指认、不能执着的万有——让虚空遍满琉璃珍珠，让十五之后日日是好日，让一介生命甘心以粉身碎骨的万有，如同你活着为了光耀上帝。你要眼睁睁看她怎么粉碎，正如她眼睁睁看你七年。"

她写给他的最后一封信这样落笔：

> 在我心目中，你一直是个尊贵的灵魂，为我所景仰。认识你愈久，愈觉得你是我人生行路中一处清喜的水泽。
>
> 为了你，我吃过不少苦，这些都不提。我太清楚存在于我们之间的困难，遂不敢有所等待，几次想相忘于世，总在山穷水尽处又悄然相见，算来即是一种不舍。
>
> 我知道，我是无法成为你的伴侣，与你同行。在我们眼所能见、耳所能听的这个世界，上帝不会将我的手置于你的手中。这些，我都已经答应过了。

这么多年，我很幸运成为你最大的分享者，每一次见面，你从不吝惜把你内心丰溢的生息倾注于我的杯。像约书亚等人从以实各谷砍了葡萄树的一枝，上头有一挂葡萄，又带了些石榴和无花果来……你让我不至于变成一个盲从的所知障者，你激励我追求无上自由的意志，如果有一天我终能找到我的迦南之野，我得感谢你给我翅膀。

请相信，我尊敬你的选择，你也要心领神会，我的固执不是因为对你任何一桩现实的责难，而是对自己个我生命忠贞不贰的守信。你甚美丽，你一向甚我美丽。

你也写过诗的，你一定了解创作的磨坊一路孤绝与贫瘠，没有一日，我卑微的灵不在这里工作、学习。若我有任何贪恋安逸，则将被遗弃。走惯了贫沙，啃过了粗粮，吞咽之时竟也有蜜汁之感，或许，这是我的迦南地。

不幻想未来了。你若遇着可喜的姐妹，我当祈福祝祷。你真是一个令人赞叹的人，你的杯不应该为我而空。

就这样告别好了，如你所言，信与不信不能共负一轭。

3

没有你眼睑光芒的指引，我在夜里

迷了路，而在夜色的环抱中

我再次诞生，主宰自己的黑暗[1]

百般凌虐你，你都不生气，或，只生一小会儿气。好似在你那里存了一笔巨款，我尽情挥霍，总也不光。有时失了分寸，你肃起一张沧桑后的脸，像一个塞途者思索不可测的马驿站，我就知道该道歉了，摸摸你深锁的额头说："谁叫你欠我，不生气，生气还得付我利息。"

常常在早餐约会，或入了夜的市集。热咖啡、双面煎荷包蛋、烘酥了吐司，及三份早报。你总替我放糖、一圈白奶，还打了个不切实际的呵欠。我喜欢晨光、翻报、热咖啡的烟更甚于盘中物，你半哄半骗，说瘦了就丑，我说："喂，就吃！"你果真叉起蛋片进贡而来，我从不吝惜给予最直接的礼赞："今天表现不错，记小功一个。"

早晨恒常令我欢心，仿佛摄取日出的力量，有了奔驰的野性及征服的欲望。早晨对你这个航行于各地天空的商场人士却是苛责的，你雾着一张脸，听我意兴风发地擘画每一桩

---

[1] 引自聂鲁达《爱的十四行诗》。

工作，帮你整理当日的行程及争辩的重点。战役的成果未必留给我们，但我们联手打过漂亮的仗。

入夜的城市更显得蠢蠢欲动，入夜的我通常是一只安静的软体动物，容易认错、善于仆役，不扎别人的自尊。你活跃于墨色的时空，以锐利的精神带着我游走于市集，你说人在异地时，最怀想的是夜市小吃：一碗卤肉饭、石斑鱼汤、水煮虾是令人难忘的饮食起居。我擅于剥虾、剔无刺的鱼肉，伺候你。你尽管放心地细数我的不对，定谳白日的蛮悍，我一向从善如流，乖乖地向你忏悔。

当市集悄悄撤退，夜也恹了，我打起一个长长的呵欠，你说："走吧！回家。"你走你的路，我走我的归途。这城市无疑是我们巨构的室家，要各自走过冗长的通道，你回你的空荡卧室，我有我的蜗居睡榻。

那么，的确必须用更宽容的律法才能丈量你我的轨道。你不曾因为我而放弃熟悉的生命潮汐——不管是过往的情涛、现实的波澜或即将逼近的浪潮，我也不必为你而修改既定的秩序——我有我不能割舍的人际、工作的程序及关于未来的编排。当我们相约，其实是趁机将自己从曲曲折折的轨道释放出来，以大而无当的姿势携手、寻路。你年逾中岁的音色里仍留有不肯成熟的童话，我绽放的华容仍忘怀不去初为儿女的恣意。你时而化童时而老迈，我时而为人时而原兽，我们生动地演出内心被禁锢的角色，以城市为舞台，行人当盲目的观众。那些令人疲惫的典章制度不容推翻总可以暂忘，你虽然抱怨半生颠踬无以转圜，我却不曾怂恿你或然言弃——那些包袱早已变成心头肉，在我们分手后仍然继续由你背负的。如是，我期望每一次相聚，透过理智的剖析与情感之疏浚，更助益你昂然驼行。我深知，情会淡爱会薄，但作为一个坦荡的人，通过情枷爱锁的鞭笞之后，所成全的道义，将是生命里最昂贵的碧血。因而，你可以原始地袒露，常常促膝一夜，谈你孑然成长的大江南北、谈梦幻与现实互灭、谈你云烟过眼的诸多女人……常常，我看到那一颗多年未落的噙泪。

同等地，我得以在你身上复习久违的伦常，属于父执与兄长的渴望。过于阴柔的家境，促使我必须不断训练自己雄壮、模仿男系社会的权威；而我生命的基调，却是要命的抒情传统，三秋桂子、十里芰荷的那种。遂拿你砌湖，我得以歌尽舞影，临水照镜。实则如此，每一桩生命的垦拓，需要吮取各式情爱的果实，凡是亏空的滋味，人恒以内在的潜力去做异次元的再造。你在不知不觉中已被我修改，按着我心中的形象发音；正如我愿意为你而俯身，将自己捏成宽口的罍，以盛住你酒后崩塌的块垒——任何一桩情缘，如果不能激励出另一种角色与规则，以弥补梦土与现实之间的断崖，终究不易被我珍爱。

于是，我们很理智地辩论着婚姻。

你说，不曾歇息的情涛，总难免落得一身萧索，过往的女人不是不爱，却发现愈爱得深愈陷泥淖；我说，这是剥夺，爱情之中藏有看不见的手。你说，如果我们结婚如何？我问，你视我为何？难道纷落的情锁不曾令你却步？你说，我在你心中不等同于女人，属于一种透明的中性——像白昼与黑夜，时而如男人清楚，时而如女性张皇，你能充分享受诉说，从最崔嵬的男峰吐露至最婉柔的女泽（你有时细心得像一名婢女），我欢愉你所陈述的，那表示，一个人对他内在生命做多元创造的无限可能。而我开始叙述，关于多年来我们另辟蹊径，如今偃然自成轨道的情爱（请注意，放弃世俗轨道的通常要花更多心血为自己领航，且不再有回头的可能）。我们成就一种无以名之的关联，住在无法建筑的居室，我不要求你成为我的眷属如同我厌烦成为你的局部，你不必放弃什么即能获得我的情谊，我亦有难言的顽固却能被你呵护，我们积极相聚也毫不挣扎地品尝舍离，遂把所能拥有的辰光化成分分秒秒的惊叹。如果爱情是最美的学习，我愿意作证，那是因为我们学到了布施胜于占取，自由胜于收藏，超越胜于厮守，生命道义胜于世俗的华居。想必你了解，婚姻只是情爱之海的一叶方舟，如果我们愿意乘桴浮于海，何必贪恋短暂的晴朗——要纵浪就纵浪到底吧！我已拍案下注，你敢不敢做庄？

我们还要一座壳吗？让壳内众所皆知的游戏规则逐渐吞噬我们的章法。以我不靖的个性，难以避免对你层层剥夺；以你根深蒂固的男系角色，终究会逐步对我干涉。原有我深沉的悲观，婚姻也有雄壮的大义，但不适合你我——我们喜于实验，易于推翻，遂有不断地、不断地裂帛。

我情愿把这城市当成无人的旷野，那一夜，我爬上大厦广场的花台，你一把攫住，将我驮在肩上，哼着歌儿，凛凛然走过街道，被击溃之后如果有内伤，那内伤也带着目中无人的酣畅。

在捡来的短暂时空里，我们散坐于城市中最凌乱的角落，脱鞋盘坐，抽莫名其妙的烟，喝冷言热语的啤酒，我将烟灰弹入你的鞋里，问："唉，说说看，嫁给你有什么好处？"你提鞋，将灰烬敲出，说："一日三顿饭，两件花衣裳，一把零用钱。"我又把烟灰弹进去："废话，谁稀罕这些？"你捏着我的颈子："再弹一次看看！"我喝口酒，又把烟灰弹进去。

4

我要走一条偏僻的长路
遗忘你
最好的诗，用来饲养蠹鱼

正如沧海

向桑田奔去[1]

你怎么来了？明明将你锁在梦土上，经书日月、粉黛春秋，还允许你闲来写诗，你却飞越关岭，趁着行岁未晚，到我面前说："半生飘泊，每一次都雨打归舟。"

我只能说："也好，坐坐！"关于你生命中的山盟与水逝，我都听说。在茶余饭后，你的身世竟令我思谋，什么样的人，才能与秋水换色，什么样的情，才能百炼钢化成绕指柔。我似乎看到年幼时的你，已然为自己想象海市蜃楼，你愿意成为执戟侍卫，为亘古仅存的一枚日，奉献你绚霞一般的初心。那么，请不要再怪罪生命之中总有不断的流星，就算大化借你朱砂御笔，你终究不会辜负悲沉的宿命，击剑的人宁愿刎颈，不屑偷生。这次见你，虽然你的眉目仍未能廓然朗清，倒也在一苇杭之之后，款款立命。你要日复日吐哺，不吐哺焉能归心。

把我当成你回不去的原乡，把我的挂念悬成九月九的茱萸，还有今年春末的大风大雨，这些都是你的。或许有一日，我会打理包袱前去寻你，但你要答应，先将梦泽填平，再伐

---

[1] 引自作者之诗。

桂为柱，滚石奠基，并且不许回头望我，这样，我才能听到来世的第一声鸡啼。

你走的时候，留下一把锁匙，说万一你月迷津渡，我可以去开你书中的小屋。我把指环赠你，尽管流离散落，恒有一轮守护你的红日，等候于深夜的山头。

你说："还要去庙里烧香，像凡夫凡妇。"

那日，我独自去碧石岩，为你拈香，却什么话都没说。

这就是了，季节的流转永不会终止，三世一心的兴观群怨正在排练，我却有点冷。也许应该去寻松针，有朝一日，或许要为自己剪裁征服。

四月的天空如果不肯裂帛，五月的裌衣如何起头？

发表于一九八七年五月

一九九六年六月修订

二〇一七年十二月修订

在密室看海

姐妹

同时诞生的人,能同时看懂一幅风景吗?

暮春与初夏接驳之后,时间如空中爬行的蜗牛,沉寂、迟缓,兀自流淌透明涎液。她抱膝坐在床上,头搭着膝盖,像洪荒时代遗下的一方顽石,抗拒被风雨粉化以致显出轻微的焦虑。此刻,她的视线穿过积尘的玻璃窗向外漂泊,首先是一棵枯瘦香树,以自身作为虫蚁盛宴的,在树背后是一堵倒插玻璃碎片的水泥墙,预防夜贼或蛇。当她学会以意念穿透黑暗冥游远处风景之后,玻璃碎墙反而具有破碎的美感,她常常刻意在上面逗留,想象参差的玻璃尖划过脚底时,那种带血的痉挛。

墙外几步,废弃场是热闹的,再繁盛的城市总有瘫痪角隅,只要有人抱着破电视,模仿先知的口吻指出:"这是畸零者圣地！"那地便着魔似的拥进残败、畸零族裔。废冰箱、驼背沙发、沾血摩托车、退潮服饰或结束床笫关系的弹簧垫，好像流行病疫，突然那么多人发现生活里充满待弃事物，再也容不下残兵败将。她坐在自己床上，无数次从风吹草动、断续语声中窃听"丢弃"的意义，轻微或笨重，无法逃过她的听觉。她知道废弃的感觉会繁殖，那块圣地终将构筑残破者的王国。这些时间战场的伤兵在莽莽苍苍的芒草丛下，反刍过往荣华，分泌不能解体的孤独。此刻，她不必借用感官，即能嗅闻废弃王国飘来的猫骚，听见破败者数算未褪尽的颜色与尚存肢体，在暗夜里喃喃自语。

那是个黑海，她想，沉浮着记忆之尸。永无止境的潮浪喧腾着，越过芒丛、围墙，直接扑破玻璃窗涌入她的房间，以龙卷式转身卷走这间房，仿佛对这栋大屋而言，她的密室是令人憎恶的肉瘤，多余、丑陋，而潮浪将携带它归返畸零圣地。她无法根除这种臆想，被弃的感觉反复练习之后不会痛，只是让肢体长满尖牙似的匕首，当自己拥抱自己时，听到金属与骨骼的奏鸣。

有人开大门，钥匙丢入铁盘，接着一阵噼啪，所有的灯亮起来。这女人曾经说，开关是屋子的纽扣，只有鬼才害怕裸裎，人住的屋子就得亮，所有的扣子都该剥开。她感到安全，最后一定进这间房开灯，那是她每晚的返家仪式。她知道她，跟黑有仇。

"不是答应我开灯吗？"她一面退耳环，绕过来连桌灯也按了，"乌漆麻黑的，又不是坟墓。"

"去哪里？这么晚。"

"你管。"

她一路剥除配件、衣服，随处松手，动物式的路径记录。服饰是女人的战备，如同化妆品与香水保留巫教时代的猎灵传统，一个穿上猎装、斜背弓箭，以朱膏涂臂伪饰伤口的少女不再是少女，她已捕攫猎人之灵，立即拥有勇猛能量，可以随时窜入鬼魅森林追猎野猪。她相信这些，服饰唤醒女人体内冬眠状态的潜能，构筑陷阱，营造情境，征服倾向胜于乞怜式的取悦。她的征战理论不需要大衣橱像军医院一样妥善照顾伤兵，衣饰所在之处保留上一场战役的烽火硝烟；煤气炉旁一只K金镂花耳环，另一只可能在盥洗室漱口杯内，活在不得已的战场上，骨肉也得分离的。她像极了一天死一回的战士，次日醒来，配齐了项链、发饰、皮带、戒指或巴黎某名牌的神经性香气，又是一个绿油油的自己，活得饱饱的。人需要记忆吗？记忆是所有痛苦的储藏室，她的归类很简单，可抛与不可抛的记忆，然而因为每天死一回，不可抛的也在复印过程中渐次模糊。

等到她走入自己房间，差不多一身光溜了。穿衣镜映出年轻且丰盈的胴体，对女人而言，凝视自己的裸体就像翻阅日记簿一样，看到时间这一匹快马如何呼唤山峦、踏蹄成河，自成一个神秘且灿烂的丛林世界。镜面如雾，在荡然的光影中，她的脸带着一股难驯的野性，天塌下来也能活出个形的。她从小希望这张脸独一无二，跟美丑无涉，唯一就是唯一。然而，另一张脸也映入镜中，苍白、消瘦，整个人像一根倒竖的不锈钢长柄汤匙，参差短发如被一群猎犬啃出来的。从镜面中，加个黑框，那张与她酷似的脸差不多可以当溺毙者的遗照了。

"又有什么事？"她不耐烦。

"你下班都去哪里？为什么这么晚？"

她感到自己的身体窜起乱火，烈焰围烧心脏似的，回身推她按到床上："你没有资格管我，你不是妈妈，讲几百遍才懂，你是你，我是我，各过各的不行吗？为什么……为什么……"

她一急就呛，可以咳出一桶鱼似的。她替她抚拍，裸背渗汗夹杂微尘散出女体味道，如酷夏雷雨之后，青草喘出的气味，这香冲入鼻腔使她的灵魂活络起来，又回到生命现场，扎扎实实知道自己所在之处，没有迷失与恐慌。她递给她水，低声说："对不起……以后不问了。"

走出房间，一路将胸衣、窄裙、皮带、衬衫、丝袜捡齐，搭在沙发背，这也是每晚的仪式，亲手把完整的妹妹放好，然后回到自己的房间，面向墙壁躺成一张弓。壁上挂钟，针脚移动，像两个抽搐的瘦子偕伴从地狱走向天堂，正巧经过人间。

有人开灯。

"姐……"她爬上她的床,从背后搂她,"我想妈妈……"

"几点了?"

"两点十分。"她的眼光在墙上游荡。这房子潮了,天花板长壁癌,白色粉团悬在那儿像个蜂窝,每隔一阵子,姐用扫帚捅它,死也不肯换个房间。

姐喜欢把记忆钉在墙上,机票票根、哲人箴言、不知哪里剪来的昆虫图,拼拼贴贴裱成一个没有时间的世界。她一直戒不掉买相框的毛病,好像什么东西只要框起来就不朽,也真有本事搜罗那么多不同材质、形状殊异的框子。占据半面墙的家庭相片,配了框后宛如乱葬岗,大大小小颇有族繁不及备载的热闹,其实翻来覆去都是三条人影在时间舞台上分饰各个角色而已。戴红色草帽的妈妈年轻时候,夏日沙滩上妈妈的裸足印,那是妈妈生前挂的。她在这房间咽了气,最后一句话讲得像雷雨湖面上的枯草,浮浮沉沉。她想,这屋子特别潮或许跟妈妈有关,有些女人生前不肯低头掉泪,死后会回到眷恋之地把泪还回来。姐搬入这房间后,那些照片像繁殖一样,从姐妹俩挤在澡盆内的婴儿照,到一个穿水兵装行军礼、一个穿蕾丝边洋装捧玫瑰花的六岁生日照……挂得比相馆还大队人马。这辈子跟她要最多照片的是姐,少女时代的学生证、出社会后的郊游照,她当作宝贝一样把人头剪得齐齐整整，配上自己的照片，写上日期框在一块儿，这倒不难，双胞胎的好处是时间刻度一样，拿对方纪年就行了。她骂过姐："有毛病啊！你不觉得无聊吗？"姐瞅着她，眼睛流露无邪的光："怎么会？给妈妈看嘛！"她反驳说，要是妈妈的魂回来，看人不就得了，还需要照片干吗；姐的理由是另一个世界没有时间。"妈记得的是我们十八岁的样子，得让妈先看照片，她才知道躺在床上的两个三十岁的女人，真的是她女儿。"

一派胡言，她想。姐不钉别面墙，密密麻麻挂满靠床的这面，好像怕这墙跟屋子脱离关系，得用钢钉去刻骨铭心才行。或许，也为了睡梦时不至于飘到陌生地方迷惘。

"妈如果不当妈妈，不知道会变成什么？"她发现姐的领口有一条脱轨的线，凑嘴咬下，拎到姐的手臂上，用手指搓成小疙瘩，"妈好像什么事都能编成故事，你记不记得有一次她买两条鱼，一条叫你的名字，一条我的，要我们闭上眼睛从尾巴开始摸，她就说这条是鸟变的，那条是沉下去的船变的之类，我实在很讨厌鱼摸起来的感觉，湿湿黏黏的……"

"还没摸到鱼头，你就哭了。"

她把小疙瘩弹至空中，重新搂着姐姐："是啊，真丢脸。我记得妈还说，摸到最后可以摸到鱼的……"

"眼泪。"

姐

妈妈对着大海叫她的名字，是个暗夜，她记得。

连续豪雨，矮墙头的野蕨猖狂起来，那种长法接近挑衅，非把一整排碎玻璃嚼烂，朝天空吐净才甘心。一整天，她坐在窗前素描，笔下的蕨叶像泡过水的羽毛，没半点野性。黄昏袭来，暗影笼罩着白纸上纠缠不清的线条，笔路怎么牵扯都像没有出口，跟她的人生一般乱。

离职快半年了，妹妹盯着，才勉强翻报纸圈几个人事广告打打电话，到处都在找人可又不缺人。她想，在别人眼中她不过是圣诞树上的装饰吧，多一个不觉得更炫丽，少了也无损节庆的欢腾。多年职场经验不断提醒她"回形针型人物"的地位，不管包上什么颜色，一枚高得极尽卑躬屈膝之后就成为咬不住什么的回形针。她记得那件事，明明用回形针把几张重要文件别在一起放主管桌上，丢了一张，终于从桌底下找到那张盖满皮鞋印的文件时，她的主管如一捆骚动的炸药拿起订书机在她面前示范如何乱枪钉死几张纸，然后要她重输一份干净的，下班前交。她附上辞呈，用回形针别在那份被她上下各钉成一排虚线的重要文件上。

一向照准。像她这样的回形针，在丛林似的办公室生态里到处都是，地上、垃圾桶内不知凡几，慰留与道别餐会显得矫揉造作且浪费时间,何况没有人想到为她做这些。她一向没什么好收拾的,更无须交接,她的职务内容都在计算机人力资源管理档内,下一枚回形针只要输入部门名称及自己的代号,计算机会告诉他所有的工作内容。她明白,不会有人在宝贵的记忆区里构筑专属巢穴保留她,她像西斜阳光照在刚哭过的流浪汉眼睛上针尖般的反光,轻微得没有重量。踏出玻璃帷幕大楼,冷雨天空起了风,过客与风是孪生的,从杳无人烟的驿站到废船麇集的港口,如此一生。

也许,只有妈妈在险浪喧腾的心海里为她们姐妹筑一个暖巢,用春季柔软的香草与候鸟落羽编成。她愈活愈贴近妈妈的心,追溯一个女人高高举着巢,独身涉海寻找陆地的艰难。

当她与妹妹像两只幼雏躺在巢中嗅闻草香而酣眠时,她们无法想象一向灿如星月的妈妈,是否在泅游途中被邪恶的水鬼抱住脚踝而兴起海灭的念头。

照片里,戴红草帽的妈妈原本有一双慧黠的眼睛,也许光线关系,却像渔港初雾;草帽太大了,整个人似一朵即将飞扬的酒红波斯菊。她推算拍这张照片时已怀了孕,腹中那位哥哥她现在已能平静地承认他,恐怕也无法预知七年之后因自己猝死导致妈妈结束第一次婚姻,拎一口破皮箱离开盛产粮食的澳闷农村。印象中,从未看过那顶红草帽。那年代,敢戴红草帽、骑迷你脚踏车到镇上看文艺爱情片的女人,在邻里间大约得不到"良家妇女"的封赏。妈妈是那种遇山开路、逢水架桥的人，离家出走那一日——她直觉认为是个蝉嘶夏天，穿过竹树围拱的乡间石路，任阳光在身上洒下碎影的妈妈，脑海里盘算的，绝不是一顶红草帽或失婚女人的面部表情。她相信擅长编造故事、剥除过期情感的妈妈，一路铿锵抛甩身上的记忆，终于把自己剥成一块面带微笑的冰。

第一次见识妈妈剥除记忆的暴力，大约六岁那年。半夜，她与妹妹被重物击地的声音惊醒。

她们住在高级区，二楼住家，楼下是妈妈开的精品店，服饰兼精致舶来品。在濒海的新兴商镇，没有人比妈妈更懂得疼爱女人的痴情与绮梦，她在店内巧心布置拍照区，让换上流行服饰的女客免费享有自己的倩影，妈妈疼她们几近纵容，不买光试穿留影也行。背景无非是两棵卿卿我我般的假椰树、蔚蓝海洋布画及一把沙滩躺椅，极简单的热带风情。妈妈移前移后选角度，哄她们回到最喜悦时光找到那朵笑容：神秘的、羞赧的或从未在男人面前流露过的一抹野性。女客买了服饰，又三天两头探问照片洗出来没？总得等底片照完才能洗呀，她们急得跟孩子一样，嘴巴上又故作从容，天天提菜篮、牵小孩聚在店里闲谈，聊久了也不新鲜，干脆热烘烘帮忙招徕生意，各自怂恿姐妹淘前来购买，店内生意好得不像话。妈妈说，再平凡的女人都要人疼，要不然糟蹋了。

那夜,她与妹妹躲在楼梯口,"剁剁"的声音从拍照区传来,没看见跑船回来才几天的"爸爸"——她一直到现在仍无法祛除说出这两个字时所引起的海啸似耳鸣。妹妹胆子大,踩过满地衣饰、倾倒的橱柜站在妈妈背后喊着。抱着楼梯栏杆的她,闻到空气中扬散着酒臭,从男人口中溢出仿佛尸腥的气味;从栏杆缝往下看,她看见那两棵假树被推倒在地,妈妈正用菜刀砍成大段,背部起伏宛如豹奔。妹妹又喊一声,突然天地俱寂,铅矿似的肃静压在妈妈背上,她轻轻放下刀,慢慢站起拢一拢头发,转身,在昏黄光晕中绽出一朵浅笑,抱起妹妹,用她们熟悉的、浸过蜜汁的小提琴弦般的声音昵昵地问:"怎么还没睡呢?我的小坏虫!"接着,妈妈仰头凝视她,微光晃漾,那眼神如瀑布中倏然窜出的流星蛱蝶,带着水淋淋的痴迷与诱惑,她被慑住。"嘿,小情人,下来抱妈妈一下嘛!"她完全忘记刹那前的惊怖,妈妈仍是那个喜欢跟她们撒娇的妈妈,身上永远散发让人渴慕的麝香味,导引她们穿越恐惧与流离回到她的怀里。那一夜,妈妈说,去海边散散步吧,一只大坏虫跟两只小坏虫。

碎星与弦月,流荡的云,她只记得这些,其余是笼罩着陆地与海洋的无涯幽暗。这地方不陌生,妈妈曾带她们来野餐,假想父亲的船突然从海平面跃出的情景。那台相机记录了灿亮阳光下,她们姐妹最欢愉的童年岁月,也保留一枚宛如几个女人头共享一具肉身的妈妈的脚印。多年之后,她无数次靠着那张脚印照片回到海滩现场拾掇妈妈的快乐时光，她相信对她们三人而言，往后的流徙皆是命运之神对那段时光的咒诅。

那一夜，她听到夜间的海仿佛千万头狮吼，恫吓、蔑视，露出尖齿嘲弄渺小的猎物。妈妈抱着半路上睡着的妹妹，一手牵她往海滩走。她嗫嚅，低声叫妈妈——妈妈——好像牵她的是另个不相干的女人，她受不住手腕被握得太紧试图挣脱，妈妈却愈走愈急。整座夜海似巨大的磁场，正向四面八方唤回迷走的矿砂，云依然流动，悄然遮住高空的月牙，潮浪亘古不变地翻腾着，不过问人间世事。她现在回想当时使尽全力扯住妈妈并不是基于痛楚而是无法承担恐惧，她才六岁，但足以辨别阳光与暗夜的不同、接收妈妈透过强劲手势传导给她的密码。虽然妈妈常有出人意料的作为，但她相信那晚的海滩之旅跟散步一点也没有关系。

就在她拒绝再往前走时，妈妈松了手，放下妹妹，独自朝辽阔的暗海走了几步，浪涛的声音轰然如雷。第一次，她听到妈妈对着海洋喊她的小名：沙沙。沙沙——沙沙——沙——沙，回来！妈妈是这么喊的。像原野上的大树喊它心爱的叶子，一片榕树叶子跟错了，跟到苹果树那儿去了，所以要借风的声音喊它回来。她站在妈妈背后，拉她的衣角回应着，但掩面啜泣的妈妈竟怕惊动什么似的制止她："嘘，不要吵！不要吵！"

海风吹拂，薄盐。她开始感知有一头饿坏了的猛狮冲出童话书悄然随着海风扑来，用利爪掰裂她的胸膛，捧出鲜嫩的心脏，吮吸童女之血。她不再感到惊恐，夜使她超越六岁孩子的视界，向上攀升、盘旋、俯瞰，看到成人世界凌乱不堪的景致。她的感官活络起来，攫住那种近乎绝望的黑、捕获令人有晕眩感的海吼，最后，鲜明地记住一个少妇与双胞胎女儿被不知名的力量扔在黑色海滩的处境。她后来隐约明白，接着发生的事是她自己触动宿命关键，遂使一生无法出脱暗海，注定独自仰望永夜的星空。她记得，她搂着刚睡醒的妹妹，粗沙扎疼妹妹的脚，她一面帮她揉，一面凝肃地看着十步之遥跌坐沙滩的失意妇人，明白她刚才呼唤的是一个与她同名的人，那是另一个故事，另一艘跟暴风雨有关的沉船。在忽远忽近的距离感中颠踬，使她无法确认自己与眼前那名少妇的关系，事实上她连自己是什么也无法确认了，只是用一个孩子本有的勇气——似乎可以跟一切恶灵对峙的勇气，走到她身旁，搂着她的脖子说："妈妈，不要怕，有我在——！"

第二天，妈妈仍是喜欢穿时髦洋装、爱吃蜜饯的老板娘，只花一个下午即让老主顾们当作礼物带走店里的存货，委托代书出售房屋。半条街的女人随着妈妈的指挥陷入恋恋不舍与祝福的情绪里，有的甚至流下眼泪，但她们一致同意，男人经年在外跑船不像个家，能下定决心回到陆地团圆是喜事。

她们抢着挑选免费礼物无心追问细节，甚至不曾质疑为何要搬到那么远的地方去。最后，庆贺与道谢的声浪使所有人忘记"告别"原是跟丧礼一样纠缠不清的事。妈妈开开心心地，吃她的蜜饯。

在另一个繁华城市，身世有了新版本，渐渐有人知道，这家开幕没多久、生意很好的咖啡厅，老板娘是个寡妇，带着双胞胎女儿到这儿闯活路，丈夫死于船难。

最后一次看到爸爸——正确地说，看到爸爸的背影，是在咖啡厅开张后几个月的事。她和妹妹从隔壁巷的钢琴老师家回来，一路猜拳，输的得背对方十步路。妹妹眼尖，老远看见一个男人从家门出来，往前大踏步而去，妹妹追着喊，他没听见，招辆出租车，消失得干干净净。

家里看不出任何异样，空气中都是妈妈的香气。妹妹很容易满足，哪怕是一个有漏洞的答案。而她觑着妈妈的脸，试图读出蛛丝马迹，妈妈懂她，一把拉入怀里，亲她的小耳朵，说悄悄话："不懂的就放口袋，左边放满了放右边，等长大喽再拿出来看，一下下就懂了。"接着叹一口气，像操劳的家庭主妇抱怨腰酸背痛般不轻不重。她尚未理清楚，妈妈又变出叮叮当当的声音催她们洗澡去，今天是大日子呢，有两只小坏虫要吃生日蛋糕喽。

那是六足岁生日，在咖啡厅举行，花与蛋糕、礼物堆栈出盛宴气氛，合力鼓噪永不褪色的欢愉。妈妈把妹妹打扮成穿粉色蕾丝洋装的小公主，而她穿着一套稍嫌大的蓝色水兵男装，领带像水鬼舌头湿答答地垂下。衣服上，樟脑丸与麝香香精混杂的气味，令她十分难受。

"要永远相爱哟，跟妈妈勾小指头！"

当她与妹妹面对镜头，在众人的起哄下露出缺牙的笑靥时，妈妈按下快门，镁光灯闪动，那一刻永远留下了。

沙沙——沙——沙——原野上一棵孤独的大树喊着，妈妈终于喊回那片遗失的叶子。

妹

她怀疑自己容易呛及最近染上的皮肤发痒毛病，都跟这间潮湿的老屋有关。

那真是没道理的事，好像喉头上方有个水龙头，滴滴答答漏水，动不动就趁呼吸与吞咽交接之际滑入气管。她一度听从专家建议，专心训练呼吸与吞咽交替的动作。可笑的是，这种与生俱来的本能一旦执意练习，反而弄得秩序大乱。她尽量不让自己处于急躁、发怒状态，为此还去气功班、禅坐营，学习放松与忘我之道，好像有效又好像无效，最近又来了新节目，没头没脑地身上发痒，像三更半夜前任屋主潜回来翻找什么东西似的。因为不是贼，所以不是撑开大布袋搜刮的那种，是嚼着泡泡糖、晃悠悠地踱到卧房觑两觑又进客厅开橱柜，一面找他的旧物一面欣赏新任屋主的摆设，就这样三房两厅双卫巡来巡去的那种死皮赖脸的痒法。她那搽三种指甲油的手指也就分外忙碌，一会儿挖Häagen-Dazs（哈根达斯）的冰激凌吃，一会儿随着那名无赖的步伐在大腿内侧、手肘、肩胛、腰背挠抓起来，状甚猥琐。

有一回，她烦得发脾气，一把朝落地窗扔掉正在看的房屋杂志，冲进浴室放满高温热水，整个人浸入浴缸。任何一个有良心的人都不会用发烫的洗澡水对付自己的身体，她烫得尖叫，眼泪也滚出来，咬牙切齿继续用莲蓬头冲洗。热烟使浴室一团白茫，她仿佛站在无边界刑地独自承受永世的鞭笞。

姐姐敲门，问她怎么了？她牙齿咬得死紧，因这声音猛然回神，那怒气也就找到栖所。"你给我滚远一点！"她吼着。一具肉身烫得发红发肿，渐次膨胀好像快冲破浴室墙壁，奇怪的是竟有轻盈的感觉，痒不见了，代之而起是亿万只煨过火的蜂针蜇着，又像沸水里的番茄自动绽皮，轻轻一揭，整张皮旋转而起，露出红通通的果肉。她的快意恩仇还没闹够，水淋淋冲进卧室，拿整瓶含酒精成分的收敛水朝身体乱洒乱抹，好似一具冰尸。等她晕眩而倒在床上时，她终于感觉这具身体已不是以前那具，嘴角带笑，眼泪缓缓溢出，她知道，这泪从童年起就长途跋涉一直到现在才抵达出海口，那种咸也因此像上古时代的盐。

她始终觉得自己的叛逆期来得特别早，跟妈妈有关。

有一位高且漂亮的妈妈，她承认，从小带给她荣耀——应该说，带给她以及大她五分三十秒的姐姐极大的荣耀。她们走到哪里都被一群无知麻雀般吱吱喳喳的愚夫愚妇包围，一面比对她们的身高、体重、眼睫毛几根、耳朵形状、头发粗细、手指长短、掌纹……一面发出粗俗不堪的笑声，最后毫不例外地赞美妈妈的生育功力，仿佛她们只是妈妈捏出来的可爱小玩偶。她从小习惯用"我们"，对妈妈、老师、煮饭的欧巴桑说：我们肚子饿了，我们的膝盖破了……她记得有一回做梦以致尿床，半夜摇醒妈妈："我们尿尿在床上！"同卵双生是个艰深的实验，度过人人视为天使娃娃的童年阶段后，开始进入宿命习题：在乱草石砾地翻找"我"的踪迹，自布满尘垢的镜中辨认"我"的容颜，从别人的眼眸里拼凑"我"的存在。她不得不承认这条路坑洞特别多，不独别人老是认错她们、叫错名字，当她好不容易暂时忘记姐姐，像个独一无二的人偷偷想做什么时，她却发现姐姐正巧也在那儿。她恨这种心有灵犀。

如果说姐姐是妈妈的信徒，那她就是逆女。姐姐顺着妈妈指点的路径行走，她宁愿反方向，哪怕必须涉过沼泽。很早便发觉，妈妈看她的眼神是带探针的，不动声色地侦测她的心眼到底多少个。她擅长伪饰，或者说她充分发扬从妈妈那儿得来的装饰艺术，当妈妈变魔术般从黑帽子里揪出漂亮的故事、最新版本的身世以满足饥渴的人群时，她也本能地躲入浓浓的睡眠，在妈妈窥伺的鼻息下，打起童鼾。

她相信妈妈说的一切，不，应该说她努力让妈妈相信她从未质疑过她说的故事。然而，伪装成果树并不代表也能在秋季结实，她不得不提早揭开两套记忆上的布幔做选择，一套是妈妈的版本，另一套是她窥伺得来的。

她从未告诉姐姐，背负两套记忆的痛苦，事实上，因这痛苦令她终于感到与姐姐不同，反而有了私酿之意。她很小的时候便警敏地察觉，在妈妈巧手布置的家里，有一个幽灵男童存在。他——接着她知道是个哥哥，时而躲在衣橱底层那口绽皮皮箱内，时而叠影在某个跟随母亲到店里选购衣服的小男生身上，有时候单纯地蜷缩在妈妈的眼睛内，朝向遥远且空茫的地方。

她没有兴趣追问他的故事，一则缺乏资料与耐性，二来也习于想象他像风一样掠过风铃从窗口飞出。如果不是那个决裂之夜，她不会警觉到那个幽灵哥哥不仅与她们同船共渡，而且只用一根小指头就戳破她们一家四口组成的那张天伦拼图。

姐姐始终不知道，是船长爸爸遗弃了她们。一个经年出海的行船人在异地神女的胯下尽情嬉戏时，忽然像获得什么启示般，质疑自己妻子的贞洁，连带地怀疑两个女儿的血缘。这没什么道理可言，但很正常。或者，无所谓遗弃，如果真相站在他那边的话。不管怎么说，妈妈是个高傲的说故事能手，有头有尾地用壮烈的海难埋葬了第二任丈夫。

当她揭开布幔审视两套记忆，仿佛独自在暗夜墓园颤抖：一套像穿着绣服、头戴鲜花的骷髅，瘦骨上还黏搭着腐肉；另一套是赤裸女囚，被恶意的力量驱赶着，在秽地、兽群之间匍匐，寻觅一个可以帮她解开镣铐的爱人。

她想恨妈妈，匕首一刺，却刺到了怜悯。

也许，转捩就是从恨与怜悯交锋的过程中无意发现的吧。她渐渐拉出距离观看妈妈的转变——她想，那时候她与妈妈大概同时趴在地上寻找，一个找解铐之钥，一个找出口，所以才心照不宣地仅交换眼神而不交换话语。不明就里的姐姐误读为冷战，数度规劝她与妈妈和解。

在距离之外，她私密地追踪妈妈的情欲航程，用夸张的鼻翼嗅闻空气中的男性气味，从妈妈带倦的眼神推测肉身缠动的速度。有时，她偷偷潜入妈妈的卧室，从那面梳妆镜上隐然浮现的各种印子中，再现云雨密布的航程里妈妈那蛇妖般的身影与想要撞崖的孤独心境。那些把头深深埋入她的腹丘的男人永远不会理解，妈妈反过来以他们的背为阶，一步步把她用洁白蚕丝绕成的巢送上雪崖，巢内躺着她这一生的谜，放在高高的峰顶让阳光去阅读。

正因为这一层启示，她开始领悟人生并不一定要在脚踝系一条绳子，杂七杂八拖带姓名八字或锅碗瓢盆才能活下去。

她丢弃那两本记忆，只撕下几页有用的。当她学会大篇幅遗忘，恣意在各个记忆符码间跳跃、串联、形塑时，她不仅原谅了妈妈，甚至深深迷恋起她来。

然而，快乐十分短暂，她忘了还有一个姐姐站在前方等着，手中揪着一张网。

那网用钢丝编的，巨大的网。她无法参透她跟姐姐到底遭了什么符咒，以致陷入永无止境的纠缠。少女时期，最沮丧无助时，她梦见自己与姐姐被一名蒙面老妇剥光衣服，像雏鸡一样，硬是塞入一口黑幽幽的瓮，瓮口用红布封起来。噩梦令她怒不可遏，像只发狂的蝎子在倒扣的铁鼎内挣扎，最后，一定得划痛自己，见了血，那股怒气才能平息。

她曾经用最恶毒的意念咒姐姐死，然而烙在背后的那张符篆起了法力，愈恨，那爱就愈勒得紧，她根本无法想象若姐姐消逝，她除了一身躯壳还剩什么。

于是，日记、信件、抽屉里某位爱慕者赠送的照片、礼物，她知道姐姐的眼睛已读遍每一处细节。不算偷窥，也不是分享，是共存共鸣。十八岁那年，当她们在雨季的最后一天把妈妈的骨灰依嘱洒海，回程的火车上，她凝视窗外雨雾缥缈的苍绿平原，辽阔得没有方向、失去时间，悲伤地觉到少女时期已永远消失，生命中华丽的、寒碜的谜也随着妈妈化为尘埃，而她终于可以从一抔土、一担砖开始砌筑自己的屋。然而，也就在这一刻，从车窗映影中，她看到坐在旁边打瞌睡的姐姐，格子衬衫、牛仔裤，头发削得薄薄的，全身朝她身上靠过来。倏然惊觉，身材、打扮与她愈来愈见差异的姐姐，什么时候起穿越孪生姐妹的领地，一个人出门攀山涉水，如今雨中归来，摇身变成要终生守护她的情偶？

她忽然明白一件事，妈妈没有走，她的魅影正随着火车穿雨而飞，频频回头，用潋滟痴迷的眼神俯视红尘中看起来像天生爱侣的两个女儿。那顶红草帽如一朵波斯菊，在空中翻腾。

姐

一切的转变在第一个台风登陆前已露出端倪。

事实上，从端午节过后她渐渐嗅出不寻常的氛围正在她们之间酝酿着。首先，妹妹回家的时间愈来愈晚，她的说法是加班；接着，陌生男人的电话愈来愈频繁，妹妹一接着立刻切到房里的分机，关起门讲了许久才出来，她的说法是客户讨论公事。在几次剧烈的争吵后，她更换方式，不再质询她的行踪，改用消极对抗，接到电话，告诉对方妹妹不在，若留话也不转告。她暗地构思了许久，有一天，躲在妹妹公司对面的红茶店内等她下班，一路跟踪，那天毫无斩获，妹妹只不过像大多数上班族一样，趁百货公司打折去买几件衣服而已。

接着,她没太多时间注意妹妹的转变。那块被当作废弃物集散中心的空地围上围篱了,卡车、怪手、砂石车成天轰炸她的耳朵,告示牌上写着住宅兴建计划,是中型社区的规模。没多久,样品屋及接待中心花枝招展地杵在路旁。速成花圃上,一只灰褐色的杂毛猫斜卧在韩国草皮上,眼睛眨巴眨巴,冷冷地看热闹。

像墓地居民受了僵尸的启示也跃跃欲试般,几天后,两位西装笔挺的建筑商代表在附近老邻居的陪同下按了她家门铃。屋子有二三十年了,结婚生子、养儿育女都在老屋里,说起来很舍不得,再说也找不到像这样独门独院,还能种几棵大树的房子。但是,还能撑多久呢?台风、地震一来,一颗心像挂在老虎嘴边一样。她明白了,显然附近几户老邻居初步都有兴趣跟建商合作,关于条件,双方也有诚意继续往下谈。他们邀请她出席说明会。

这事缠上了,往下就没完没了。妈妈生前是个精打细算的人,留下的财产够她们一辈子过小康日子。妈妈办事是抓牛头不抓牛尾的,连带地替她们部署值得信赖的代书、律师及投顾专家,只要顺着妈妈的棋谱走,是可以天下太平的。她接着一一拜访那几位顾问,在酷热的夏日街道上像迷途孩子,其中一位毫不意外地说:"你妈妈十多年前就料到,那块地迟早会盖大楼,你们赚到了!"

妈妈曾经推算她的运程吗?就像掐算一条不起眼的巷

弄、几幢破旧老屋有一天会有四线道大路划过，摇身变成新兴的住商混合区般，妈妈知道她会往哪儿走吗？

妹妹连续迟归，索性连理由也懒得编了。她对改建的事意兴阑珊："随便怎么办都好，没意见！"仿佛跟一切无关。在气象局发布今年第一个台风警报那天，她看见几上妹妹留的纸条，度假去了，也许三五天后回来。

似乎有什么东西从她身上流失，仿佛她是沙塑人偶，潮浪扑来，吐出泡沫、回旋、倒退，带走她身上的沙。台风夜停电，她缩入软沙发内咬着椅垫一角，静静听暴风推倒工地围篱、样品屋广告牌、扫破她房内玻璃窗的声响……她知道雨水已经进来了，像一群饥饿的白老鼠啃咬桌上书籍，拖曳床单，爬上那面拥挤的墙……生命，有时会走到万籁俱寂的地步，再怎么用力叫喊还是悄然无声，终于渐渐失去知觉，不知道自己是什么？在哪里？也就无从同情自己。她凝睇落地窗外狂舞的树影，茶几上一截短烛忽明忽暗，竟兴起一股毁灭也好的念头，好像屋塌了、人空了也是自然而然的风景。

大约破晓之际，她在梦中听到妹妹困在风雨里求救的喊声而惊醒，想来不是梦，是现实的声音搭在不相干的梦境内形成叠印。外头的风啸渐息，雨还在下，她坐在沙发上浑浑噩噩，起身想喝杯水，猛然那声音又出现，像海面上突然刺出一把匕首。她听得仔细,是在外面,打开窗户往外探,院内停了一部车,车灯把雨势照得像幽灵之舞。车内顶灯也亮着,她没听错,是妹妹的声音,但她宁愿看错,宁愿永远不要被不可违逆的力量揪住头发、撑开眼睛,看她深爱的女子正在狭仄的车后座,一身赤裸地与陌生男子欢媾。

她没有走开,甚至没有移动视线,眼睛定定地放在宛如两条缠嬉的大蟒身上,听闻骤雨中一阵高过一阵的剧烈呻吟;她看到车窗被摇下一半,随即伸出一只婀娜脚丫,承受滂沱大雨的舔吻。她想走避,心里喊:够了,却无法挪动。那只白嫩的脚随着车身震动而前后游移,几乎朝她踢来……娇酣的女声渐次放纵,仿佛穿越绮丽的生死边界,刺痛她的耳朵、喉咙,她感到有一把尖钻直挺挺刺中她的心脏,左右剜转。视线迷蒙中,她仿佛看见妈妈,提着破皮箱沿着铁轨离开燠闷小村的妈妈,被世间种种挚爱遗弃,只有自己一个人,头戴红色草帽,走着走着,随着铁轨沉入海底,妈妈飘飘摇摇,一群小红鱼从她前进的脚缝间穿梭而过。

她不知道自己在黑暗角落箕坐多久,黎明时分,风雨似乎歇手。慢慢走到妹妹房间,门虚掩,她看见他们裸裎而睡,鼾声起伏,像两片光滑的叶子在春水里悠悠荡荡。

"帮我把门带上。"她转身时,听到妹妹慵懒地说。

姐妹

梦境也像台风过后的庭院那般乱,她倒是方向清楚,好像来过很多次,其实是第一次来。绕过弯弯曲曲的小径,天是黑的,没遇到半个人,路的尽头是海,无声之海,倒像一匹黑绸布,上面银光点点,也不知是白色鸥鸟还是星月倒影。在陆海接驳处,她一眼就认出妈妈的脚印,比照片上的那枚大,而且像铁铸的。她抓住脚印拇指往上提,果然这脚印是个盖子,底下立刻涌上一股森冷,她往下走,狭窄的石阶,似乎无穷无尽往地心延伸。她听到自己的心跳比脚步声还响,四周一片漆黑,那种黑是关了几百年似的冷黑。她试着喊:妈妈!听到回音,仿佛这地窖极为辽阔。就在她几乎放弃时,她听到下面隐约传来回答,是妈妈的声音,听起来还得往下再走一阵子。

"嘿,我的小情人,下来抱妈妈一下!"

妈妈没变,还是那么美。她伸开两臂拥抱妈妈,妈妈吻她的耳朵,说悄悄话:"跟妹妹要永远相爱!"声音听起来很远,像风一样。她说:"我累了,妈妈,抱紧我,我真的累了……"

她不记得妈妈还说些什么,只觉得在妈妈的呵护下,可以安然入睡。醒来,是个陌生房间,色彩零碎、光影浮晃,脑子像掉入水泥桶,干了、硬了,什么也想不起。

"你看你，"一张苍白的脸映入眼帘，她记得了，是妹妹，在她后面站着一个男子，她也记得他是谁了。妹妹皱着眉头，"缝好多针，这下子公平了，我们都有疤！"说完，搂着她的脖子叹气："姐，你好傻！"她完全记起来她有个孪生妹妹了，但不太确定她说的"傻"是什么意思，仿佛伤口是她的，傻是别人家的。

或许是痛吧，让她清醒起来。妹妹难得有点腼腆，介绍那位男子，她觉得他是个看起来令人舒服的人，没什么不好。

"姐，"妹妹握她的手，把手指头一根根掰开，跟自己的交握，"我们都有鱼尾纹了，要为自己过活哟！"

她流下眼泪，不是因为痛，也不是"过活"二字惹她伤心，大概是"鱼尾纹"吧，她记得小时候妈妈说过，摸到最后会摸到鱼的眼泪。

搬家那天，阳光掺了几缕凉意，初秋适合用来道别，恋恋不舍中又有几分爽朗。妹妹的家当惊人，卡车跑了两趟才运完。

她帮他们打点，想到什么就写在纸上，叮咛他们仔细办，男友倒是毕恭毕敬聆听，妹妹还是大泼墨脾气："你听她的，我们只不过搬到二十公里外，姐以为我们上月球啊！"近固然近，渐渐也会远的。

她好好再看一次这个孪生妹妹，心里还是疼爱的。妈妈给了她月夜，却给妹妹艳阳。同时诞生的人，各有各的风景。

她送到路口，看车子转弯而去。秋天下午，她原本要往回走，想了想又转身，秋天下午适合散步，走一段路看看这片老宅区，兴建的事已谈得差不多，没多久这些大树院子都会消逝。

不知不觉走过头了，接到大马路来。她索性走下去，心情灿亮。她忽然想念妈妈，或者说，想念妈妈这个女人，她带领她们见识瑰丽的谜。

继续往下走会到哪里？不知道。也许路到了尽头，碰到废水塘，那就照一照自己枯瘦的影子；也许下一个路口转弯处，会遇见一个像妈妈的人，一个像妈妈一样和她的生命紧紧印合的人。

发表于一九九六年四月

贴身暗影

1

春雨结束前,最后一道冷锋来袭的假日下午,一只湿漉漉的白文鸟在发冷的城市迷飞,旋涡似的高高低低,忽然一头撞上褐色玻璃墙。雨,下得像流浪狗。

那时,她坐在咖啡馆最角落靠窗的位置,正在看书。桌上的咖啡刚续了杯,午茶蛋糕动都没动,倒是烟灰缸里已躺了三根烟尸。她招手想请女侍更换干净的烟灰缸,虽然抽烟,但她比谁都厌恶烟蒂与烟灰的存在。

正因为焦虑地梭巡女侍的踪影,使她毫不设防地目睹白文鸟撞墙的故事,"砰"一声,那只看来孱弱的瘦鸟急速往下坠落,自她的视线内消失。也许,撞墙时根本没发出任何声响,因为靠那面玻璃墙的客人丝毫未被惊动,仍旧嘀嘀嘟嘟延续有意义或无意义的话题与表情。女侍过来,问了两遍:

什么事？她指着烟灰缸：麻烦你换一下！她怀疑自己真的看见一只文鸟撞墙的事故，也许是幻影，城市在雨水里泡软了，肌理纤维都乱了，让人在刹那间搞不清楚前世今生。

她正在看书，咖啡馆内只有四五个客人，假日加上坏天气，让人提不起劲出门。她一向喜欢清静，这家埋在巷内的店才开张几个月，知道的人不多，颇符合她的癖好，平日下了班也就常来，虽然不在办公室到家的路径上，她宁愿绕半个圈到这里歇十几二十分钟，一杯咖啡，几根烟，几页书也甘愿。好像受刑横跨赤砾大漠的瘸马，每隔一程，得幻想出小绿洲，把头倚在低矮的树丛上朝落日方向叹息，才能无冤无仇地走下去。

《夏日》，George Winston（乔治·温斯顿）的《夏日》，素朴的旋律里暗藏几个下了蛊的音符，女侍放下烟灰缸转身离去时，钢琴声正好流泻而出。她合上书，凝睇雨景。靠窗处，一块被几栋高楼挤压而显得分外狭仄的庭园，想必是咖啡馆主人开辟的。微微倾斜的草地上竖一方巨石，像是来自东部湍溪的奇岩；接着，她认出一棵年轻的波罗蜜树正在浅土里挣扎。这种喜欢在树干上开花结果的热带雨林悍将，一旦吮吸丰沛的雨水、搂抱温暖季节，会非常性感地托出硕大的波罗蜜果，恍如原始部落善舞的女巫，裸露上身仰首张臂，两脚随鼓声顿踏，面对烈火晃动巨乳，跳着只有上苍与她才懂的灵魂之舞。眼前这棵波罗蜜却需要支干撑住，不知从哪里移植来的，倒卵形的树叶垂挂着，好像因为无力打捞地上那只伤残文鸟，以致显得厌世。她的视线随着音乐起伏而滑行，水泥丛林街衢是看腻了的，打伞经过的陌生人也毫无稀奇之处。因此，她那游移的目光便像暗夜囚室里，一名重刑犯专注地谛视面前那堵污秽铁壁，渐渐熔化、穿透、割开，终于看出直抵地平线、在夏季热腾腾的风中欢啸的雨林，连带地，也看出自己的身影在遮天蔽日的丛林中跳跃、攀荡，拥有无上的自由与深不可测的孤独，跟这个世界毫无关系似的继续她的秘旅。

女侍过来添水，顺便收走空咖啡杯。她看看表，差五分三点，离四点钟的约会还有六十五分。事实上，这件事对她而言不痛不痒，四点钟有没有约会并非决定她今天会到这儿来的原因；同样，也不是因为今天要来才把四点钟的约会定在这家咖啡馆，两者只是巧合吧，就像她跟同在这儿喝咖啡的客人纯属巧遇一样。她认为，巧合之事意味着无须多费唇舌去追究缘由，也不需浪掷情感；有时候，她甚至认为自己跟另一个自己也是巧合地共宿在同一具躯体上，各负各的轭，各赶各的路。

重新回到书页。那是一本描述穿越蛮荒、独游热带雨林的探险志，她的视线像磁与铁遇合般牢牢盯着那一段文字：

　　这是最后一次看见阳光，独木舟沿着狭窄的河道滑入雨林，肤触立刻由炎热转为幽冷。静极了，只有船桨撩水的咕哝声。然而渐行渐深，我仿佛听到丛林深处回荡着雄浑的吼啸，从地腹升起，贯穿树丛冠层终于抵达高空。那是一种召唤，一首编制庞大的安魂曲。河面如布满绿锈的古铜镜，两岸丛树在低空中枝丫交缠，形成长廊，纠结的枝条映照在河面上，影影幢幢，犹似百千个丛林猎士的黑灵魂，因独木舟的侵扰而倏然骚动。我不敢置信自己就这样挥别文明，钻入这流窜着生猛力量的热带圣址。丛林寂静，一只油黑色栗鸢扑翅而起，发出足以撼醒千年雨林的啸叫。我恍惚以为，那是我的心脏搏跳的声音，在压抑多年之后，今天终于发出巨响。

她反复诵读这一段。稍早，她贪婪地铺排"热带圣址"的意象，幻想油黑色的栗鸢将惊翅疾飞时，抬头，正好看见一只不知从何处鸟笼窜逃的白文鸟，直挺挺地撞上玻璃墙，在这发冷的城市。

2

她没想到一进门就接到哥哥的电话：怎么样？都好吗？有事没有？好，再联络。她的回答是：还好，老、老样子，没事，好，再、再见。

挂上电话，立刻感觉好像没接过这通电话。好比一个正在吃蛋糕的人，伸指压死一只蚂蚁，继续嚼蛋糕，也是立刻不觉得刚刚压死了一只蚂蚁。有时候，她甚至忘记还有个哥哥这件事。

看护欧巴桑的脸色不太和悦，她道了歉，在四点二十分的时候。她多给两百块工资，形式上抵销迟归二十分钟的过失。欧巴桑说："喂过了，身躯还未洗。"随即开门离去。欧巴桑住附近，帮儿子媳妇看孩子、料理家务，在她找不到全职看护时，便央她过来照顾，按时计酬。久了，干脆都不计较，付欧巴桑全薪，家里钥匙交她，只要早午晚过来巡一遍，做好基本料理就行了。这样做，欧巴桑顾得了两边，又能攒私房钱，两相蒙益。不过，假日另计，她要是有事出门，得另外付欧巴桑钟点费。横的竖的算起来，每个月的看护费够三个小家庭开销，但人生哪里捡得到便宜事，家里有慢性重症患者，钱是不当钱用的。能找到像欧巴桑这样愿意分她的担子的人已是幸运，她因此很习惯看欧巴桑的脸色，在那张时常端出被人倒会[1]似表情的乡下农妇脸上，读久了，读得出一个旧社会老女人对另一个说话有点口吃的新时代中年单

---

[1] 会是一种民间互助性质的融资方式，而倒会则是指这种融资方式因某种原因无法继续运作，导致会员损失资金的情况。（编者注）

身女子的怜悯与呵惜，尤其，有寒流的冬天，当她下班回来，发现炉台上炖了香菇鸡汤的时候。

室内光线黯淡，晚报报头吸了几口雨水，头条新闻看来像从牲口嘴里抢出来，沾着黏稠的唾液。从十楼阳台望出去，那是永无止境的灰雾城市，让人觉得时间凝滞，所有轻微的、沉重的伤感都不打算结束；一切残喘的、化脓的恶疾也不会致命，只是拖着，形成巨大的旋涡，昨天比前天好一点点，今天比昨天坏一些些吧。有人在堆满腐物的沼泽里，洒了几滴灵液，以至枯朽比鲜嫩的青春拥有更顽强的存在意志。她点了烟，深深吸入胸腔，闭气，让烟在扩张的肺叶间流转，感受湿冷密道被火把烘干似的快意，而后快速蹿升，挟着长长的叹息从鼻腔喷出。永远的灰雾城市，她的眼睛涌上泪意，既不是伤怀也无关乎感动，勉强而言是一种载沉载浮的落寞。她想起艾略特，每隔一段时间会唤她重新诵读他的作品的英国诗人，"有个地方是漠然无情的／在以前时间及以后时间／的一种幽光之中"，她的意识在诗句间反复回转，不思不想，直到仿佛可以透破结冰似的灰雾之城。然后，她闻到从某户飘来的煎鱼味，冷锋过境的黄昏世间，接近晚餐时刻，她觉得自己只剩下自己。

如果懂得选用亮彩油漆，这间两房两厅一卫的房子可以弄得很温馨，前任屋主这么说，他卖屋为了换大一点的房子，两个小孩要上小学嘛。她喜欢想起那个做父亲的男人说话时眉飞色舞的样子，多年来，她放任自己想象他们一家还跟她生活在一起，虽然这种奢侈常常被现实当场扯得稀烂。

父亲的房间以前是孩子房。墙壁漆成浅蓝，天花板抹上淡淡的粉红，整个感觉就是孩子气。婴儿海报及辅助幼儿学习的动物画报仍然贴在墙上，她没撕，犯不着撕，留着至少可以产生错觉，生命正敲锣打鼓地开始着。

她进房，药味像冤魂似的不散，她习惯了，有时反而必须靠这气味确认躺在床上的枯槁老人的确是自己的父亲。

"爸，我、我回来了。"通常，她会这么开场，接着坐在床边藤椅上，两手手指交握，克制想抽烟的冲动。

静极了，人去楼空般荒芜，因此听得到隔壁炒菜敲锅的声音，悍悍地，非常有气力。每次开场之后她会陷入短暂沉默，然后换一副春暖花开的嗓子开始独白，天气、报纸头条、谋杀案、股市行情、两岸关系、商店折扣消息、防癌食物、办公室恩仇、二十万只流浪狗及垃圾不落地的新措施。她就是有办法单口闲扯个把钟头，好像这世间归她管。

"是不是很棒，你说！""天大的便宜哟！""结果，从来没有那么幸运，居然……"她独白时的惯用语，奇怪的是愈兴高采烈愈不会口吃，流利得像畅销通俗小说。

沉默，浓浊的呼吸，然而今天的沉默如铁球丢入湖里再也浮不起来。她的脑海回荡着铁铲敲锅的声响而无法消音，眼睛定定地看着床上瘦骨如柴的八旬老人，恍然错觉自己是个盗墓者,把原本躺在棺内的前朝老翁盗回现代。她深深吸口气,似乎想辨认隔壁家锅子里的菜肴,晚餐时刻,饭桌上应该有一家四口:稍嫌严厉的父亲,到处掉饭粒、两脚在桌底下晃啊晃的小孩,抱怨安亲班收费太高的妈妈……她一面凭空抽丝一面自行衍生,搓成粗绳,让意念有所凭借,从泥淖中抽身攀至崖顶。是的,她羡慕想象中的每户人家,大灯大火的。他们的时间朝前走,脱壳似的,她的时间锁在过去与未来之间的冷窖里,两年、三年、四年……第六年了,还没有找到出口。

是的,床上躺的是她的父亲。尽管老人斑洒遍松弛多皱的脸皮,难闻的浊味自半僵的嘴巴溢出,而心智早已从白发稀落的脑部逃逸,他还是他,一个被死神遗忘、被司命之神抛弃的世间父亲。他千金万银的人生花光了,只剩下她,陪他在半途等待,遮眼望向黄沙滚滚的地平线,不知什么时候会驶来一辆老爷车,接他。

"爸——"她开口,像尽责的节目主持人,"哥哥来电话,刚刚,谈很久。还是忙嘛,没办法来看你。过两天又要出差,这回到大陆,恐怕不待一两个月不会回来,他们公司打算在大陆设厂嘛,谁叫你生了个超级能干的儿子……"

她愈掰得父慈子孝、兄友弟恭,就愈可怜他。不由得叹了口气,苦笑着。床头桌上,一尊白瓷小观音立着,杨枝净瓶,敛目垂悯,左肩塌了一块,有一回抬父亲上医院急救时碰倒的，她后来用强力胶粘好，倒觉得这尊骨折观音跟人间亲了许多。在这件事上她没妄语，观音是六年前父亲第一度中风时哥哥从大陆带回的，谈不上庄严，大约出自学徒之手。此后，他以妨碍婚姻生活、避免给小孩留下惊怖的成长经验为由，要妹妹多担待点。她刚开始对这尊观音没好印象，看久了也就不讨厌，如果是学徒作品，他一定以自己母亲的模样打蓝图，这么一想倒也暖和起来。她有时把小观音放在父亲身上，假使缥缈的心智刹那间回转，也许他会因此想起母亲的怀抱或亡妻的蜜语而获致安慰；有时，她把小观音放入口袋，一只手握着它，穿越阴雨连绵的街头去上班，好像两个说好不拆穿彼此谎言的天涯沦落人。

"该洗澡了，爸——"平日都是欧巴桑代劳的，假日她得自己来。

她从浴室提来热水，一打开电热器，为父亲擦澡。枯槁的身躯像窝藏蛀虫蝼蚁的树干，汩汩冒出腥臊之气，两列肋骨安静地并排着，宛如搁置在冬天枯野上的竹筏，也许路过的水鸟会来栖息一会儿，也许开春时竹管上会挣出几朵草菇，但不再有吃水的机会。她拿掉成人尿布，铺上清洁垫，拧半湿的毛巾从鼠蹊开始擦拭父亲的私处。那是个废墟，烧焦的乱草，从啄尸鹰口中掉落的猩红疮肉，围着一截蜷缩的、宛如干黑狗屎的性器。她托住他的膝盖窝，轻轻一提即挪动他的躯体继续擦拭臀部。拥抱年轻、壮硕的男性身体是什么滋味？她不知道。第一次目睹男性身躯，竟是在自己父亲身上。那一年父亲第一度中风，她为他净身后独自坐在医院楼梯间掩面发抖，感到崩石滚落，压塌她的玫瑰花园般惊怖。那时候她是个处女，现在也还是个处女，不同的是，那时候她可以秘密地闻到宛如从春天的山坡飘来的花香味；现在，她习惯整晚挥赶周遭的暗影，缩在自己的睡榻上，听青春一片片剥落的声音。

"告诉你，"她替他包好尿布，换穿干净衣服，"今天去相亲了，同事介绍的。对方——对方看起来不错，比我大两岁，开家小公司——"

她陷坐藤椅，盯着那尊斜肩观音，继续叙述一个中年女子如何在飘雨的城市一隅跟某位男士相亲的故事，她甚至描述穿着、腔调以及走路的样子。末了，按照故事发展，应该接续两位年届中年的都市男女在雨中漫步，轻轻叹口气说："能认识你真好！"并且订了下一次约……她却停住，伸指抹去父亲眼角边的水痕，她不知道是不是适才为他拭脸时留下的，但立即涌升的情感使她宁愿假想那是父亲对她的贴心反应，在这冷冷的世间。

"爸——"她忍不住从鼻腔溢出水珠，"别管我，您自个儿走吧——"

3

她全身埋入激流，赤裸裸，弯腰行走，两手张开如长耙，捏抓软泥，一路挥走慵懒的鳄鱼，驱赶成群渡河的长鼻猴。她发怒着，寻找她的狩猎番刀与琉璃珠串，这两样被圣灵祝福过、带有神力的宝物不知何故竟落入急湍。

她从水底蹿升，破水而起，嘴角带笑，两手各执番刀与珠串，热带阳光伸出火舌，吮吸她身上的水珠。她如一头银闪闪的灵兽，跃入莽林。

埋伏在藤本植物梭织的丛林迷宫深处，她的眼睛如夜枭望着整座莽林，她那灵敏的嗅觉与锋利之眼，分别侦测到不远处一条蟒蛇沿着粗壮的树身向上攀爬，一只犀鸟即将飞掠长满巨型附生植物的密林，而一个披散长发、高举吹箭武器的壮硕猎人正瞄准鸟腹。她推测他捕猎犀鸟之后会在河边生火，串烧猎物。而她将荡过大蟒攀爬的那棵巨树，以矫健的身手从粗藤缝隙跃下，直接骑落在他的肩头上。那是丛林之夜，枯枝在火焰中暴跳，火舌剧烈扭舞，照亮她与他交缠起伏的裸体。遥远的高空，繁星熠熠。

她听到刺耳的声音，醒来，是个梦。那本厚厚的探险志掉到地上。她爬起来接电话。

是同事，责问她为何缺席。那位男士依约在四点钟到巷子里的那家咖啡馆等，而且依照指示买了一本什么土著、探险之类的书放在桌上，就这样等了一个多钟头才走。

"你到底在想什么？我真搞不懂吔！对自己的将来一点盘算也没！"同事骂她。

她没搭腔，拿着无线电话静静听她讲大道理，一面踅到父亲房间，开灯，床上仍是那副搁浅在时间之流的身躯，然而仰躺的姿势却猛然让她想起梦中那只犀鸟……

"再、再说吧，也许有、有一天——"

也许有一天早上醒来，她将听到时间之流冲破冷窖，沛然地流过来，浮起她，在阳光中悠然成河，一切开始的，都会结束；一切结束的，将领取新的开始。

而此刻，她替父亲盖好被子，抚拍他的额头，关灯。她知道这波冷锋还得持续几天，如同贴在她背上的暗影将继续壮大，直到遮蔽了天空。

捡起那本探险志，归回书架。躺下时，或许因为冷被的缘故，她忽然心平气和地想起艾略特的诗句，好像独坐在将熄的营火边，于繁星熠熠的天空下诵读：

　　请往下再走，直下到
　　那永远孤寂的世界里去。

发表于一九九六年五月

秋 夜 叙 述

1.蛤蟆与幸福秘术

莹莹，今晚有一只蛤蟆陪我回家。月光隐遁，夜雨呻吟。

没有月光的秋夜，我让出租车在大马路边停。在此之前，司机先生非常兴奋地在车程中演讲家庭幸福之道，我打算下车，他不解。我与他住的山区相邻，他知道我此时下车尚需步行二十分钟才能到家，而且飘雨的泥泞路会使鞋子沦陷。他惊讶地问："你不坐了？"口吻像我刚刚坐在他家客厅喝老人茶，他尽责地向我介绍家庭成员并且慷慨透露保持幸福的秘诀。

我有点歉疚，莹莹。尽管我们再怎么努力驾驭理性运转，某些事情仍会蹊跷地发生，把你带离航道，强迫你短暂出轨。如果你能纵浪其中，倒也相安无事，难就难在既定秩序的运作过度强势，容不下乱臣贼子。如果上车之后，陌生的司机不主动问我姓什么，在哪里上班，结婚没，为什么这么晚回家你老公没来接你……这些不得不拿"真实"材料回答、却完全抵触我隐匿自己的习惯的话，那么，我是不会拿出虚构本领迅速给他一个假名、一份待遇普通的工作、一个脾气古怪血压偏高的丈夫，甚至一个刚满三岁的女儿。我进入自己虚构的材料里娴熟地转换语气、情感以及话题（还抱怨保姆费太高，不得不再虚构一个身体堪称健康的婆婆来照顾她的可爱孙女）。他的谈兴被引爆了，关掉收音机（原本正在放送一首吵闹的"你快乐吗？我很快乐……"）从那时起，我仿佛坐在他家客厅，一览无遗地观赏台北天空下难能可贵的幸福小家庭：真实的、有体温的、准时开饭四菜一汤的、每个人微笑时嘴角牵动的幅度相当一致的温馨小户。他劝我不要动不动就跟"老公"翻脸，他说你们女人现在都很厉害，不管真的假的要让"老公"觉得他比你厉害一……（一厘米？）这是维护幸福的第一步。然而，我开始感到悲伤，无意间勾勒的远山淡月却惹出炊烟四起使游戏变质。好比湖畔垂钓，没半点消息，掷竿喂湖，背起空篓子打算回了，却发现数条大鱼亢奋地蹿出水面，喜滋滋咬着钓竿大嚼。收不回竿，捉不着鱼。我羡慕他，掺着难以自抑的嫉妒，一个在恶街狠巷挣生活的中年汉子能够以洪亮的嗓门对陌生客传播他一手揉出来的幸福，他的心中必有喜乐滚沸。然而，莹莹，悲伤在这个节骨眼产卵，他手中的那种幸福，不是我要的。

空出租车亮起顶灯朝前驰去,鲜黄色的"TAXI"浮在阒黑中有一种蛊惑。虚构与真实的秘密仍在我的脑海翻腾。启动游戏的人半途离席,没有遵守规则去壮大对方信以为真的真实,这就是我的歉疚。可是,莹莹,我怎么忍心在他信任了虚构时告诉他:以上皆非。

2. 雨夜兽

没有月光牵绊,适合一个人走。几盏古旧路灯替潮湿黑夜糅上浮光,光是湿的,饱含水分,几乎往下坠落。整个黑夜固然被可辨识的样品屋、敲去半幢的老宅、布着翡翠色野蕨的砖墙、经年穿旗袍的寡妇开的小杂货店及几条往来人影占据,然而,丰润秋雨将它们泡软,慈悲地晃动着,直到可辨识的一切地标模糊了,涣散了,如滂沱雨海上的浮木与枯草,整个黑夜遂恢复成一头挣脱时间刻度与空间经纬、无限狂野的巨兽,自天空降下的雨丝只是他颈项间飘扬的毫毛吧。莹莹,我们从诞生跋涉到死亡,以为走得够远了,只不过在他两节脊骨之间绕行;使尽一生气力屙一堆有血有泪的故事,以为够悲壮了,也不过是他挠痒时爪缝里的尘垢。不接受任何颂辞与诅咒,他自由变身,易形为白昼,以亮丽的光诱引我们打桩造屋、升火举爨,安心地于弦歌中编织情网,企求攫获永恒。每当月亮爬升,他恢复高贵的黑泽,和蔼地观赏在他身上升起营火、手舞足蹈欢唱古谣的人们，却在饥饿时，恣意闯入亮着灯的房间叼食婴儿，或采摘正在梳理记忆的老妇，或子夜时分吹着口哨归家的壮汉……莹莹，死亡对我们而言何等震撼，对他来说如此轻易。人，惯常在悲愤中谴责命运之暴行，因人相信自身为真，信任世界乃人所经营、拓植的世界；可是，莹莹，如果我做一种假设，揣想遍世界恒河沙数的人皆是他在自身发肤上种植的耕物，各在自己的单株上研磨生命、孵育故事，并多情地把经历的欢愉与痛楚记忆起来。每个人磨出自己的光色并与他人的缠绕、辉映，成就绚烂且壮阔的光野。而他，不笑不泪的猛兽，仅能透过蚕食我们而取得每一株闪烁密彩的灵光，他必得逐一吞咽殆尽才能获得完整，让腹内永续地保有燃放的光野。莹莹，这样的假设令人难受，因为，我们无法挣脱他的辖区，他有权啮咬我们，如同我们饥饿时打开自家橱柜选择新鲜蔬果一般，无须歉然。

曼陀罗咒

所以，莹莹，我只是行走。在第一个转弯处，早已人去厝空的院落里，那丛高曼陀罗宛如亿年女妖，百手千指地摇晃雪色毒花，形似道士诵咒时摇动的法铃，密音如水中滑蛇。常在迟归之夜被惊吓，因为月光皎洁时，女妖宛如处子贞静，手中花铃亦如为婚礼盛宴准备，流淌无邪的喜气；若逢酷寒之夜，我疾行转弯，不折不扣撞入她怀里，数盏花铃在我头上互击，倾倒水露，发出叹息似的微音。我抬头，看见不远处高楼边壁嵌着一扇昏黄灯窗，这瞬间的凝聚，静默中浮升惊怖意念，让我必须揪紧衣襟安抚突扑的心脏。她仿佛微启双眸，自高处俯视并以优美手势轻轻逗弄诱魂铃说："嘘，你什么都没看见，一个跟你无关的人罢了。"啊！一个跟我无关的人必须猝亡或遭遇重创。我嗅闻她浑身弥漫的魔味，贴近那一股饱胀嗜血欲望的勾引而无法举足。她知道猎物是谁，她总是含情脉脉地在猎物背脊烙下诱魂铃图腾让巨兽攫食，而后恢复贞静，把玩分得的礼物从猎物身上剥下的故事。她收藏它们，秘密梳理这些宛如瀚海般的人世故事，从中品味爱的高音与悲之哽咽，臻于感动。她沉湎于感动时，会羞惭地自萎毒花，却在消退时，为了再次经历而高举窜放的花苞。她需要猎物。

这就是让我惊吓之处。如果行走中不过分耽溺于思索，我总会提醒自己在接近第一个转弯时靠另一边行走，并且故意让思维停滞，不去阅读曼陀罗那永世轮回的咒语。

瘦桥

单纯地行走，感受自己还有体温，凝结于手心微微成汗，可以称作一桩小幸福吧。尤其接近狭长石桥,桥下急溪如宝剑低鸣,划开丛生的杂树与莽草,自是恩怨分明。近桥右侧,原有一小块平地,隐在相思树与芒丛之内,后来,几个无处落脚的都市居民搭建板屋住了下来,日月尚未调顺,又发现屋倾人空,接着连残屋遗骸也不知道被谁收拾干净,修了一座小土地公祠,没香没火,面溪度日,大约是请他看管私产的意思吧。其实,如果不碍着什么,板屋里流淌的灯光也能给暗夜一点暖意。只是,这些都没有商量的余地了。然而,不管什么样的插曲忽生忽灭,这仍是我最喜欢的一小段路。经过嘈杂俗艳的密集住宅区倏然遇桥,霎时有繁华抖尽重拾素朴的喜悦。可见,山川湖泊旷野之造设自有情理,平原少险,容易把人养得霸气,需要险江来润一润,让人临水观照,看一看水上、水面、水底的世界。这桥接驳两处住宅区,我每日往返,总有从实而虚、从虚而实的跌宕感。日久,倒也乾坤挪移,变成从虚而实、自实复虚了。桥还是桥,只是心转。晴朗之日,偶有钓人,倚桥设竿,不知钓鱼还是钓自己的影子? 深溪出过人命,一名泅游的男孩、一名壮汉,说不定不仅两条。白昼里,我怎么探看都很难相信如此平和的溪竟有噬人本领,入夜就不同,森森然若闻鬼骚味,好似冥府里的哭河。

桥上小伫,迎面从山峦吹来秋夜疾风,与雨合鸣,如荒岗上的葬队。闭眼,幻觉有一群欢喜小鬼自山巅跃下,于半空跶足狂奔，通过我，嬉闹地拉扯头发，剥翻外衣，偷舔几寸体温，逝去了。然后，莹莹，我远远听到某一栋屋传来欢唱生日快乐的歌声。是的，莹莹，我忽然微笑起来，如释重负，到处有庆祝诞生的欢歌，到处有握拳捶墓的伤心者。

那阵掠夺体温的魅风，无损我仍是一个有温度的人。它们留下秋桂的清香作为回报，香气断断续续于低空回旋，丰富了呼吸，抚慰着思维，遂怦然摇动，仿佛在天地俱焚的绝望中，跌坐，发现竟坐在湿地上，感受有情的嫩芽正株株破土且穿透我的身躯而恣意抽长；又似在割蓆绝游的静寂里，忽然萌发想念，无涉一人一事，不附着于孟春立下的盟约或霜降日之饯别，因澄净的想念而心湖平安。莹莹，这就是我喜欢在瘦桥上逗留并视之为"实境"的原因了，虽然短暂，却轻易取得化身的自由，仿若我替雨树行走，它们为我伫立；我替秋风沉默，它们代我狂啸。无须挣扎，自然而然。

寻俑之旅

莹莹，我们的记忆惯常保留发生在某一特定时空的情感重量，却让事件的细节在时间流程里消融，近乎泡影这是站在后来时间里的我们对往昔引起重级伤害之事件的蓄意回避。譬如，你恨一个人，十年八年后，虽已物换星移，你仍恨，你保留了"恨意"却不愿意保留当时的事件细节以便往后的你有机会重新诠解说不定诠解之后得到的就不是"恨"了。尤有甚者，为了继续邀集别人"共感"你的恨，你必须伪造（或夸大）事件细节你知道别人鲜有能力追查、验证。如果有人质疑你的恨，你立刻摒弃之，视为异类。所有这一切只有一个目的：让恨的瘟疫蔓延，让你自己及所恨的对象生生世世永劫不复。

这只是个例子，莹莹。

如果，回忆也是种旅行，若追忆者不能在行前准备浩瀚的胸襟回到过去进行宽恕，将很难修复伤害，遑论赎回仍然钉在恐怖事件中的、数量众多的自己。莹莹，假设每一年的刻度凝塑一个自己，我此时回顾，将看到数十个容貌雷同、神情迥异的自己分置在已逝的时光中相互推衍而生却又肃然独立。她们之中，少数几个属性欢乐，能够愉悦地与现在的我同聚，以八岁的童音、二十五岁的谈话习惯……与今日之我座谈，所陈述的事件，不管隶属哪一时间刻度，皆因现在的我积极参与，使细节发光、情感跌宕、欢乐延展，莹莹，这是和谐的自我伦理，快乐得不怕天打雷劈。然而，大部分的自己依旧陷在时间刻度中无法动弹，如列队的兵马俑。因对死亡惊怖而仇恨的童颜、因流浪而封锁的少女，因爱之幻灭而自弃、因不义而嗔恨……莹莹，每当我踏上回忆之旅，渴望以母性的温柔去解冻，将她们赎回时，那肃杀的目光怒视着，嘴角狞笑着，她们要求一个合理的解释，为什么她们必须遭遇重创,承受连坐酷刑。莹莹,我试过各种听起来合理的解释,但她们依然集体怒斥,讥讽现在的我只是披着华服的髑髅,是媚俗的弄臣,她们的伤口比我口袋里廉价的欢乐更真实。终于,颓然归返。莹莹,令人头痛的内部对决啊!一个无法在自身之内拥有连续性和谐的人,不能算幸福吧。

瘦桥

一条狗过桥,湿的狗,带病。专心走路,经过我,没吠。忽然停住,甩雨。继续走路,消失。

桥底绿水流淌,几处浅滩竖起水姜,似一群正在发誓的白蝴蝶,薄香;偶有不知名野鸟站在突出的岩块上,引吭,如朗诵它上辈子写的一首诗,无人听懂,飞走。这是晴朗时节,上游畜牧户尚未排放废水前,天地间难得拥有的短暂欢愉,我没事就会想一遍。莹莹,欢愉令我着迷,当幸福不再是分内的事业时。

沧海一粟

雨夜,使溪身与杂林、灯影与石桥连接成无限延伸的沧海,相互挨近、融合、扩散,时间分解,空间模糊。倚着桥栏杆、无目的凝望的我亦成为沧海的一部分,如一只藏污纳垢的瓶子漂浮着，随水势旋转，间歇地倾吐瓶内之物，终于，那一队坚守敌对阵营的自己亦脱口而出，仿佛泥偶掉入水中。我认得最源头的那张童颜，软丝杂网在她身上交缠寻欢来自死神猩红大氅上、它所豢养的黑蜘蛛之口；她双眼似刀，仿佛仍看见死神在她面前萃取一活人鲜血染那袭大氅，称赞色泽纯粹，随手将一具临死未绝的身躯抛到她面前。我依旧认得在她躲藏的田野之上，是无限璀璨星空，崇高且尊贵，充满神秘的吸引，仿佛任何一个失路人都可以借着仰望而进入冥想，让灵魂获得栖宿。这样的星空，与死神尚未降临前并无二致，甚至连微风梳理竹林，群蛙聒噪的声音也依然悦耳。而她开始不信任神话与祝祷了那些她自行繁殖、储藏在头颅内的美妙神话。箕踞，嘤泣，头颅内无数瑰丽神话被狂乱的意念碎尸万段。

嚼食月光的猫。善良的小孩不会对路旁的黑鬼菜不敬，因为每一粒黑珠代表一个被囚禁的鬼。丰沛的河乃众神沐浴之处，蛤蜊是他们遗失的纽扣！黑珠很臭，每个鬼都有又臭又长的前世，善良的小孩会采一捧用石头敲碎，让鬼们趁夜去投胎。猫当然必须负责嚼食月光，不然睡眠的人会在次日结成一个茧。

她相信这些。

然而一切缱绻的神谕如此轻易地碾为齑粉，她忽然懂得讥讽自己的幼稚，感知生命中充满不可理喻的残暴。她开始发现恨意是一帖猛剂，足以让受挫的心灵获得坚定；她决定把恨像一柄匕首插入心中，直到施暴者给她一个真相。

无所谓真相。沧海雨域，以今夜之一粟寻觅彼夜之一粟，两粟之隔，多少人沉沉浮浮杳无踪影，连追忆缅怀的福分都无。而我犹能倚桥伫立，恣意潜游记忆，找到她，回到在那个充满腥味的夜野高高地将她抱起，让她完整地面对无限璀璨的星空，尊贵且和谐，仿佛任何迷途灵魂都可以借着仰望而获得抚慰。然后，从彼夜起程回到今夜，带着她以及因她而形变的她们，让种种事件与瘀伤拆解成纤维，如一缕缕黑丝弃于汪洋。我没有什么真相可以陈述，只有一种渴望吧，在幽然的秋夜独自行走，倚桥凝睇仿若置身无尽沧海，我是那么地渴望拥抱她们，无仇恨作梗，无嗔怒截路，与她们复合如一而成就纯粹的和谐。莹莹，因着这和谐，我遂能预先原宥往后人生道上必然遭逢的噩事，并且相信，噩只能壮大我今夜所寻得的和谐。

就在出桥转弯处，一棵庞然莲雾树下，突然跃出一只蛤蟆，与我偕行数十步后，跃入草丛。

宿罪族裔

那日，在邋遢街道边，我寻到你的背影。都市午后，车潮似群兽奔窜，像末世灾难。莹莹，我看到你，心里欢喜起来，同时交叉往来的百人之中、千人之中，你的身影对我具有意义。我走向你，以平常的速度，足够让我温习你我之间交编的美好时光。莹莹，有些人曾经与我们共同占据某一段时空，也够熟稔，然而分隔多年之后道途相见，假设像那日我先发现你一般看见对方迎面走来，我宁愿折入小巷回避，因为交编的故事枯干了，且没把这人放在心里养着，街头寒暄，也不过是一挂柴米油盐的话，不会问死活的。然而，莹莹，你我交编的故事犹然滋润，如江边兀自开落的芙蓉树，从青年滑入中岁，恐怕也会滑入白发暮年。在那样狼狈的街头看见你，我的欢喜没有杂质，莹莹，新友易得易失，愿意跟着老的，一二旧识罢了。

那是暴风雨正在赶路的夏季，风云诡谲，时而有一种无邪气息，时而又充满即将爆发的邪恶。莹莹，我看见烈日在你背后烤出汗渍，像酷狱里残暴的小卒用力鞭笞过你的肉体，甚至，把你的灵魂赏给饥饿的狼犬。

你流着泪："活着有什么意义？"

莹莹，我无言以对。像我们这样到了交换几茎白发消息的年纪，杵在大街边沉默，于旁人看来，恐怕很突梯吧！我们的神色看起来不像在为功名利禄谈判或陷入感情纠葛需要彻底解决，谁也想不到是流水人生里劈头问生死的老朋友。我笑起来，因为荒谬具有惹笑的因子，我说："好险，是来找你，不是参加你的丧礼。"

你说有一天会让我看见你的丧礼的，听起来有杀伐之声。我应该引用哪一条经律或醒世箴言规劝一个聪慧饱学、随时激励他人的向上意志却长期对生命质疑的人呢？莹莹，仿佛有一支带着原罪的族裔被押解到世上来，他们通常拥有禀赋与能量，能轻易获得同侪企求不及之物，却不易被窄化的体制收编、把灵魂缴交国库。他们如此意兴风发，宛若骄子，然而一旦碰触生命议题，又比他人痛楚百倍；他们原应利用禀赋搜寻生命意义，可是那一份资质却更优先地洞悉虚幻。好比交给一个智慧犯利器与幼苗，命他到冰崖植树，绿树成荫了便可免罪，他明知不可能，还会耐着性子掘冰种树？不，他会用利器封喉。对这些宛若宿罪的族裔，旁人束手无策，既不能在初始阻止他们诞生，即意味着日后无法阻止他们自行设定死亡。

莹莹，那日市街，我发现你是他们的一分子，同样警敏如夜枭，聪颖得能凿开形上矿脉，也同样铸铁筑墙固守自己的宿疾。

"活着有什么意义？"

恐怕也到了一种心境，想要试试宛若孤屿的漂流生涯里和谐是否可能？在自体之内、群体之中、生死两岸。试着在难以铲除的宿罪荒原里清出一块"雅量"，把在外头哆嗦的人喊进来暖一暖。我无法回答生命意义（你比我更擅长辩论），我只确定一件事：我们只有一次机会活着。把外头哆嗦的人喊进来取暖，因为总有一天，一切永远消逝。

莹莹，因"消逝"故，涌生不忍。不忍周遭之人无罪而觳觫，于无尽沧海之间宛如泡沫与我邂逅一场，却不曾从我处听得半句爱语、获赠一两件贵重记忆。莹莹，不忍见其贫。

幸福秘术

跃入草丛的那只蛤蟆，恐怕不会再碰着，就算碰着，也是彼此不识。莹莹，若有轮回急湍，我情愿效微风自由，不愿再与今生所识之人谋面。所以，指缝间的日子便珍贵起来，那些未竟之愿、未偿之恩都须在日薄崦嵫之前善终。莹莹，算盘能有多大，滚珠核账都只算出一辈子，何况已蚀了泰半。

如果，你仍然执意自了，我们也不需挥别的礼仪，你有归路，我仍在旅途。但愿到了霜发覆额年纪，我还有兴致虚构一斤柴米油盐，骗驾车的人再教我几招维持幸福的秘术，还有半壁太平盛世，莹莹，让我倚桥，看看浮云。

发表于一九九四年十一月

哭泣的坛

你自杀之后，父母才知道你受的屈辱。

听到你的故事时，你已经装入小小的骨灰坛，住进某座山寺的某一处角落。我不认识你，甚至不知道你的姓名，转述者描绘你"文静、乖巧、白白净净"的模样，我仿佛看到十九岁的你溜达一条瘦影子，在人潮中过街，沿用学生时代的黑眼珠，抬头思考公交车站牌，排在第三个人的花衬衫之后，守秩序地嗅着他人的汗馊味，等待一条路线载你回家。

你的家庭，平凡得炸不出一滴油。父母开个小店面，做安分生意。他们像大部分的父母，心肠软得要死，嘴巴硬得半死；不过分期待子女成龙成凤，只要身体健康，多认点字，毕业后该服役的去当兵，该工作的去找事，该结婚的办嫁妆，该生小孩的给坐月子……他们那一代很谨慎地依着社会开列的时刻表准时送子女上车，连户口校正的日期都不会误的。你的父母或许听过别人的儿子发疯、女儿割腕的传闻，可是他们比地瓜还结实，认为这种事情只会发生在家门十公里以外的地方。他们光会做替你办嫁妆的美梦，就算噩梦连床也梦不到有一天替服毒的女儿选棺材。

你的兄姐或服役、嫁人，弟妹尚在就读。虽然不曾提着心肝儿说话，也不至于兄弟阋墙。你与撕裂的被单一起在地板上冰冷的样子，却永远在他们脑海里烙印了。

陌生的我，陷入你留下的迷雾。连着好几天，一面浮现你家晚餐桌上四菜一汤的热烟中，你夹菜的样子，你替自己准备次日便当的样子，你洗碗的样子，你坐在沙发上看很无聊的连续剧的样子；又一面交织你僵硬的样子……我无法停止自己的杂思，最后跟随法师的超度仪式陪你走进灵骨塔。我知道坛面上你的照片是笑的，除了七老八十的人在照相时习惯端庄严肃为以后的音容宛在稍做准备外，二十岁以前的女孩儿，每张照片都是笑叮当的！

笑会使人僵硬吗？

你的妈妈回想，你毕业后上了一年班，至后期几乎恐惧上班，每天早晨赖床，拖到打卡时限才出门。其实，真正的你已经发出警讯了，你深恶痛绝去上班，又不能不去，家人当然无法细察行为背后的恐惧分量。作为一向被暗示准时搭乘社会列车的你，从小到大捏着功课表拿全勤记录的，也缺乏解剖自己内心的胆量，你不敢面对恐惧，反而基于服膺习性为不愿上班的念头再添罪恶感。

人的成长史，往往是一部压抑史。我几乎肯定，你从小不曾为自己的存活与抉择曝晒于烈日之下，啼哭于黑暗的旷野。你只会做一件事：活在别人为你选定的路上保持缄默。你或许曾轻度质疑，但你所熟悉的传统的管教方式，只会发布权威命令，强制执行，不给人选择的机会与为自己的选择去担负一切苦难的权利。因为他太爱你，预先威胁或堵掉可能带来不美好的路，却不愿意相信让孩子活在自己的选择中负起全部责任的训练，他才能真实地抓住生命，磨出本领，在往后风雨交加的人生，单枪匹马地走下去。你终于咽口水般，咽下所有的质疑与不愉快，没吭一声，继续保有"文静、乖巧"的美名。

当你压不下去了，辞职在家，开始过着足不出户的日子。白天，空无人声的屋子，只有你，不知自己是什么的你；黑夜，喧哗的屋内，仍然只有你，不知为何存活的你。将近半年，你从不下楼，躲在房间，渐渐连话也不说了。你的妈妈每天中午替你送便当，又匆匆赶回店面。家人早就习惯你文静、乖巧的性子，不可能嗅出这次的静带着死亡的霉味。他们认为你只是太累了，胃口不佳，需要休息，只想到替你抓一把中药补补元气。如果有人细心些，当你出现喃喃自语，恐惧踏出大门口，不断惊慌地叫"外面好可怕"的症状时，应该看出你那可怜的小灵魂正被巨大的陨石来回碾压；如果有人张开翅膀，载你飞离罪恶之都，去稻田与溪流欢唱的地方居住，重新把太阳、月亮喊回来；如果有仁慈的人坐在你面前，紧紧握住你的手，说："把一切都说给我听，我替你做主！"你还会像毒死小老鼠一样鸩了自己？

事发后，你的同事到家，提起公司某位男同事喜欢说些不干净的话，欺负小女生的耳朵。带黄色纤维的话语，对苦闷的办公室而言，显然不是新闻，只要尺寸拿捏恰当，无须大惊小怪。但难以预防，某些意念特别旺盛的男人随时亮出语锋，专吃像你一样的小天鹅。你没有不听的权利，就算仓皇走避，仍然听到他以经验老到的口吻，为你营养不良的身材开药方，在众人面前剥你洋葱。可能一阵哄堂之后，没人在意上一秒钟的交谈。而你，从对两性之间的一切话题守口如瓶的传统家庭长大，突然置身害了性病的语言系统中，内心的愤怒、羞耻、罪恶泼盆而下。放话男人从不考虑视性话题为极机密的年轻女孩内心感受，因为千百年来，受大男人独裁主义管制的性语言区，教他可以随时"他妈的"、随地"干恁娘"，不必受任何法律、舆论的谴责。他不会回归人道精神的原点，思考"三字经"的魔爪也把他的母亲、姐妹、妻子、女儿一并推入专供男人戏耍的语言暴力的火坑！你毕竟年轻，只顾当下爆发身受其辱的羞恶感，不曾追溯罪恶之渊薮乃那一套长满性细菌的观念，及其蔓延的语言系统。他悠游自得活在这套爷传父、父传子的观念里，被保障可以随地吐两性话题内的槟榔汁。他在说你时，其实是针对所有的女性。你以为自己的身材又瘦又瘪才被取笑吗？那就错了，如果你丰腴，他一样吐出垂涎的舌，舔你身上的油。这也是我厌恶看到琳琅满目的整容、整形广告，仿佛女人的脑容量是在胸围、腰围、臀围及一对傻乎乎的双眼皮上的原因。你愈往深层思索，愈了解发生在你身上的被损害与被侮辱都有来龙去脉，不管归结于社会变动、两性结构，抑或人性底层的原欲，你将透过历史性的阅读学会理智以及坚强。当他（或他们）肆无忌惮地剥你洋葱，你可以视状况兵来将挡、水来土掩。你的生命永远不会被刮伤，因为在你眼中，他们何等的轻。

你又卷入办公室的桃色丑闻，对方的妻子趁先生出差，气势汹汹杀进办公室，不问青红皂白，拿未婚的你当作嫌疑犯，在众人面前高声詈骂，用极尽淫秽、露骨的脏话替你洗脸，要你"勒紧裤带，有本事到外头找男人，不要见了人家的丈夫就脱"！

亲爱的你，我好想回到现场，像个姐姐一样把你拉到我背后，用不太流利的词儿替你挡住一个失去理智、几近疯狂的妇人！我不知道当时你的同事是否见义勇为，还是抱着不关己的态度纷纷走避？亦不知那个祸水男人有没有秉持良知向你道歉，还是摆出无辜的脸继续在你面前走动？道歉有什么用呢？十九岁的你已牢记一切羞辱，看到人性里丑陋的原形，你只会哭，锁在房间里哭！

真相出现，总是伤害铸下时。如果我希望你原谅那对夫妻，是否苛刻呢？她暴露了极度自卑、无助的内在，只剩最后一着险棋，用泼辣的手势持语锋匕首，为自己的无理强词夺理！她以为毁尽天下女人的容，她的丈夫便乖乖地回到身边。而其实，最应该被庖丁解牛的，是她的丈夫及自己。亲爱的，我们会发现，仍然有那么多人在年龄、学识的虚相里，沿用原欲处理人生，在最容易纳藏贪、嗔、痴的项目里一一逼出原形，我同情他们更甚于怜悯你。

人的一生，就是善良与邪恶、美丽与丑陋、灵性与兽欲不断干戈的过程，我们的赤子之心必须通过地狱火炼、利鞭抽打、短刀剔骨而后丢弃于漫漫黑夜的草丛，连饥饿的野兽也闻不出腥味了，那才是美丽的心，尊贵的心。亲爱的，当我们愿意接受试炼，在行走的路途中，遇到善良的、美丽的人事，应合十称赞，学习他们的坚强与慈爱；面对丑陋、邪恶的一笑置之，视为殷鉴，不要像他们一样把心弄污了。如果，你能引导自己皈依于最初的肯定，你不会因邪恶而否定，你的生命将强壮如天地的骨骼，胸怀辽阔如海洋的蓝色，你的眼光深邃如众神的眸，你的心洁净，好比一朵空谷百合。

亲爱的，不知是谁要我告诉你这些，也许是你，或是十九岁时的我自己……我的话能一起装入你的骨灰坛，安慰还在啜泣的你吗？如果你听得进去，请你张开小翅膀，选一个众人皆睡的月夜，飞离哭泣的人间。

但愿，你去的地方是个宠爱女儿的国度，青青草原与雪白的绵羊，因着女儿的叙述更翠绿、更硕壮。你可以快快乐乐地溜达那条营养不良的瘦影子，不高兴的时候，把它挂在无人看管的大树上。

发表于一九九〇年五月

女 鬼

炎夏台北,眼前街道是一截发炎的盲肠,阳光撒下一货柜,冷的小刀。

把现实的自己遗弃于大街,盘坐在高楼的玻璃窗前,带着奢侈的悠哉,看那具瘦小的躯体像一条花俏的肉蛆在街头蠕动,暂时跟她断绝关系。落地帷幕是很牢靠的框,所有疾行车辆与蝗灾人潮都因框的存在而获得解读。对街那棵瘦狠了的槭,摆着出土青铜的绝情脸色,无疑是这幅暧昧油彩的秘密支撑。当双向的车辆切割市招颜色,画面变得零碎、荒唐,四窜的行人忽聚忽散,留下一些颜色,带走一些颜色。我总算因青槭的存在不至于坠入魔幻的框内。这样的对看仿佛已经一千年了。

的确不愿搭理那条茫然的小蛆在街上掩口躲避灰尘的事实。耽溺在这个被隔离的位置观看尘埃,此刻清楚地知道自己活着,活在一个有时看得到春日之白鹭掠过绿潭的世界,然而大部分时候像现在,是一口沾了年代的大鼎,熬着肉骨头,响起沉闷的沸泡。我读到一股腥香,这幅幻画是一页多脂肪的食谱。我仿佛听到白袍侍者正在长桌上摆设银刀叉,金属的碰触声使夏日有了主题。想必秘密的邀请卡都发了,盛夏筵席正等待华服宾客,也等着萃取他们的热汗,调一桶咸咸的开胃酒。那么,我没有理由取缔那只挨饿的小虫了,她盗用我的名字,挤入人堆,搂抱自己的肉骨头渴望接近火,幻想鲜美的肉汁慢慢渗透舌根的滋味。她活着,跟众人一起活着。

我不忍心苛责什么,打算永远不告诉她真相。渐渐兴起同欢的兴致观赏画中人物,我仍然坐着,被我抛弃的她正在百货大楼门口按电话。夏季五折消息的悬布刷下来,画了个泳装墨镜打扮的油脂少女,正好遮去她的上半身,衔接那件过于老气的裙子及双脚,仿佛她也是打折货,七折八扣拍卖着。她不知道自己正站在很可笑的位置变成拼装人被我偷窥,依旧严肃地按电话键。有位慌张男子从她身旁窜出,趁黄灯大跑步杀过马路,有些人见机尾随,却被困在路中央进退不得,那些车六亲不认的,就算站在斑马线上有他的亲爷爷,一样拉一蓬黑烟赏他。这就是活得真真的世界。她终于接通电话,捂耳朵大喊:"请大声点儿,我根本听不到,这里好吵……"服饰店的音响如山崩海裂,"什么?再大声点儿……"她只听到话筒内像大卡车倒沙石,不知道谁接了电话,说了什么,也许那个人正是她要找的,也许不是……她愤愤地挂了,冲进服饰店想找人吼:"你们卖衣服还是治耳聋的?"

与她擦身而过，从服饰店走出来一位很满足的胖妈妈牵着胖儿子的手，胖儿子牵着胖嘟嘟的蛋卷冰激凌，冰激凌牵着儿童的舌头，舌头吧嗒吧嗒朝灌气球的小贩说好好玩，小贩将气球系在孩子的太阳帽上，现在气球把整栋大厦稳稳顶住了。胖妈妈侧身看一名刚到的女贩撑开脚架，掀开大木箱，斑斓的珠子项饰激迸锐光，那女贩用会施魔法的手拎出一串，圈牲口般挂在胖妈妈的脖子上，两个女人正在鉴赏镜子里的幻象，她在服饰店等管音乐的人上完厕所，从衣列的空隙窥视那两个女人的嘴唇干戈。胖儿子抱着行人信号灯杆溜圈圈，气球也溜圈圈，胖小子被绕住了，气球破了，线还缠着，喊妈妈。她偷笑："把帽子拿下来嘛，真是的！"胖妈妈牵着胖儿子过马路了，女贩朝他们露了轻蔑的冷脸，那张脸布着善谋的狂妄，仿佛她的床底下养了只害喜的大母贝，每天早晨呕吐一箩筐珠子后，就舒服多了。她熟谙那些阅读床笫与繁殖课本的人对圈套的依赖，珠子项链也就生意不恶了。她终于使热门摇滚的兽声减低，目送胖母子安全抵达对街，等待女贩谈妥下一笔交易，把那部电话空出来。她捏着一块钱币，认份[1]地站着，开始幻想公共电话肚子里的钱币谈过什么。也许它们正在轮流放音，有的高声尖笑，有的结结巴巴如含了颗大石榴，有的钱币嗑药般嘟囔："我爱你，永远爱你，

---

1 闽南语，认命、接受现状的意思。（编者注）

无法自拔地爱你……"有的愤怒："不必解释，我再也不相信你说的话……"她非常气馁，刚才她的钱币只会说："请大声点儿……根本听不到……什么？……"颓丧的情绪使她疲惫起来，炎夏的阳光划过肌肤，汗汩汩地濡湿额头。她想放弃一块钱的对谈，让那位等着她去做感情谈判的男子去等，他若不想等就自然不会等，她忽然领悟言语救不了枯萎的情感，遂觉得无话可说。

这就是活着吧，我想。空中不时响起预告欢宴的高音小喇叭，糅杂在鼎沸的街声里。我无法携带亲密的她一起回去潭深水绿的世界，看一群白鹭如会飞的雪。她属于华丽的市街，与众人一样怀着秘密请帖，共同使用街衢，赶路、错身而过、穿梭迷巷，趁天黑之前找乐园的大门。每个人都希望是第一个接受撒花的贵宾，挑选美味的炖肉，啜饮餐前酒，优雅地使用刀叉。或许落地玻璃框的缘故，我隐约看到这幅欢宴图浮凸着恶魔的背书，受邀者正走入一个被决定的主题里，有一口大鼎等待烹调那批新鲜的肉骨，当他们在黑胡椒的诱拐下饱啖他人之肉，自己的肉也将在别人的瓷盘上消瘦。我不知道谁是这场筵席里最开畅的娇客，但既然隶属市街，我再无能力阻止她去奔赴神奇的邀约。虽然，此刻的她沮丧地坐在路边的白椅上，一块钱币浸泡在手掌的汗液里。

所以，当你——陌生的街头女人出现在我的眼睫内，歇睡在那棵槭树的薄荫下，我几乎错认你躺卧在我的深潭堤岸，是年轻时代熟悉的女鬼。

你当然不是鬼。隔一段距离，仍然看得到蓬乱的发式与污秽的花裳。或许一切曾经鲜丽，被灰尘纺织之后，就变成人人躲避的异乡客。你是流动画面上唯一的静止，这使我的眼光逡巡得再远终会回到槭树与你。我们虽同在时光中静止，确信在你午憩的残梦里，与你隔岸对看的人不是我，你不会发觉我正在观看你、推敲你，甚至欣赏你与青槭形成的凄美布局，仿佛在你之前有人于树下坐出一团灰渍，在你之后也会有人依影续坐。不知道明日谁将坐在我的位置观看树下的谁？甚至不敢说，被我遗弃于街道的她，有一天会不会也成为别人眼中的树下鬼？但，我与你既然目遇，你的心飘向何处非我能及，我的心却通过你的睡躯飘向另一个时空，田边坝头，那丛闹鬼的麻竹林，有人一直摇晃竹枝。

我还小，常常走那条唯一的土路到镇上。水坝在路的中段，对岸竹树高茂，蔓藤乱荡，分不清树种，好像亘古纠缠就是它们的名字。风大的季节，整排竹树往这岸折腰，仿佛地狱内千万个冤死鬼，伸出绿手臂抓替身。如果风更猛，则是一亿条舌头朝路人脸上吐绿口水了。树躯内，蝉叫得凶恶，千军万马喊杀也不过如此。忽然，风停，树静，蝉噤，听得见阳光的小碎步，喧哗的河水从水闸奔泻而下，打着大漩涡，不断浮升白泡沫，又被阳光的碎步一个个踩破。偶尔落闸的布袋莲，晕头转向地，像被弃的紫尸。坝路四周尽是稻原菜圃，看不见屋舍。除了早晨、黄昏上学的孩童,漫长的白昼嗅不到人味儿。我每次经过,总感到心脏的鼓动,有一股冰冷的绿雾经年笼罩着竹树、水坝、堤路,愈靠近它愈冷。我甚至陷入臆想,看到自己走入绿雾,一寸寸被溶解,散出白烟,剩下绑辫子的红蝴蝶结、洋装及两只木屐落在地上,一只绿茸茸的野犬扑来,捧着木屐啃啮,舐食我那温湿的脚泽……

"你们不知道自己的小孩已经死了,还喝酒!"我躺在眠床上漫思,坝头那团绿雾仿佛破窗而来,举起我、晃动我。隔壁饭桌飘来菜香,人世的肉肴十分呛鼻,却也不难闻。抡拳闹酒的汉子们嫌酒淡了,开始叙述鬼魅的乡野传奇,好像不说点刀光血影的见识,这辈子就软了。有人在鬼月的银光下,撞见她蹲在坝头不远的田沟洗衣,以为是哪家媳妇、女儿?朝她喊:"喂——谁人女儿?三更半夜洗什么衫?快回去睡!"她没应,兀自蹲着;那人架住脚踏车,想过岸说话,忽然不见人影,黑幽幽的原野只有一钩冷月。他会意她的来头,狂奔回家,一张茭白笋脸从此红不回来,隔日起害病十多天,鬼门收官那天才能下床找拖鞋……"鬼不会老,她若不跳水,跟我阿祖同辈分,几十年后看起来,还是未出阁的姑娘样!"

他们说起她被人遗弃的故事,话语传入蚊帐内,我字字句句仔细听着,替她听,仿佛我是她的内贼、她的耳朵。"你们不知道自己的小孩已经死了,还喝酒!"她要我这样说,声音在我嘴里蠕动着,只有自己听见。我抱怨:狗咬坏木屐,你会赔我吗？她说：鬼不走路，遇见风，跟风走；遇见水，跟水流。我说："花心"被采了会痛吗？她说：很痛。我说：那么夏天淹大水，水忽然退了，你来不及跟，是不是像一块破布搭在鸡寮顶下不来？她说：得回去洗衣了，夜里露水重，总晒不干……

隔壁的酒味窜进来，男人们吆喝拳曲，唱得嘎响。我看见她孤零零地蹲在坝岸漂衣，月光月光，水声水声……

半夜惊醒，起来小解。饭厅空荡荡的，木桌、条凳干净得像画上去的，闹酒的人都"死"了吗！踅到房间数人头，一家子都在，鼾声也男女老幼，茅房边的猪圈亦传来猪鼾。那么，我还活着，看自己的脚穿着木屐打鼾。

有一种奥秘，我不了解，却感觉它与现实世界重叠着，有时浮现于月光照耀的黑原野，隐喻在春日迎亲队伍的鞭炮声里，也同样回旋在水坝与竹树、逝水与堤岸、牵牛蔓与布袋莲共同架构的那团森冷里。我甚至觉得，它就是现实世界的影子。木屐咬脚了，换双大的，一路吵吵闹闹走壮了。可是我仍然相信那位投水村女的体味，还未完完全全从空气中消失，她仍匿藏在茂密的麻竹丛，每当水花飞溅、光影浮游、众蝉凄切的刹那，她会忽然张开眼睛，看谁家父母挑着女儿的大红喜饼报消息去，她会幽怨地朝这世界看一眼。四季风中，总有糕饼味，她的目光更绿了。

数年后，土地重划、河川移床，我挤入人群，看挖土机铲掉水坝，树木倒了，还挖出雨伞节蛇穴，怪手握着一窝恶蛇，朝人群边倒，惊散妇人小孩。不远处蔗园，有人持柴刀劈蔗，砍成数段，分与众人吃。忽然递来一截甘蔗，隔厝的女同学也来了，我推辞，这蔗跟雨伞节一模一样，叫我恶心；她倒是甜滋滋地啃，蔗渣抛入干涸的河床。我的心溯洄遥远的过去，曾经纠缠幼年心灵，水的澎湃、水的绝情、水的柔媚、水底呻吟的女声，都已归还尘埃。坝岸被绿雾锁了近百年，这时才天亮。我既庆幸他们撕走感情信仰里艰深的章节，又惋惜奥义之书太早被没收。女同学在我耳边中蛊似的嘀咕，夹杂嚼蔗的唇齿音，如果蚂蚁有翅，大约已聚飞空中吮那么糖汁的唾沫吧！她描述某家成衣厂的优渥待遇，仿佛再也没有一条路更适合初中毕业的女生。我看了她一眼，嫉妒她轻而易举为自己的前途做了决定。我倔强地说："我去念书，走得远远去念！愈远愈好！"

工人没动那丛大麻竹，仿佛没瞧见它在薄秋的原野散出粼粼绿光。动工前祭祀的牲礼搁在竹丛边，三根香柱立在土陇上，丫头一般卑屈。她仍在等待，挽一个小髻，设法拧干水淋淋的衣袖，哼那年代的姑娘怀春时哼的小曲，她仍在等待。

独行于异域天空下，从一滴眼泪掉地发出清脆声音开始，体悟在生命之外无法讨论生命，死亡仅是生命单行本的版权页，或者封底，无法注解艰深的内文。离了自身生命，亦找不到一本解谜全集，可供抄袭、舞弊而通过试炼。谜题与谜底，从诞生之日即已全部储存在每个生命，随着身躯一寸寸抽长,谜题由小而大涌现,谜底由浅入深地被寻找。我既惊讶在赢弱的生命内蕴涵无尽的宝藏,又感到回归自己去翻箱倒箧地寻觅解答需要大力量——回得来,生命有了户籍;回不来,成了识字的孤魂野鬼。那颗倔强的小泪凝为珍珠滚回过去,我从未如此完整地回头看清楚来龙去脉,它穿凿时空,重新化成一滴水,着床。所有震慑的情事,经验的风土,如一瓢瓢水、一场场沛雨纳入河床,也逼宽了床面。孤灯下回澜,谛听狂涛呼啸,冥思桃瓣勾动水纹,感悟种种挟沙带泥的世事,单一面对时,固然沉甸、污秽,一旦掷入生命之川,只会壮丽水的气魄、温柔水的姿态。透过一次次感悟,更被生命吸引。那丛麻竹林,象征着年轻岁月的险滩,它揭示生命自有不可理喻的暗礁,总有人在怀春的民谣里灭顶。巨礁固然凶险,但不是死路,何况激河冲出腹地,也不难在春日长出一席翠草,自己认得路回到温暖的草席上躺卧,看河水飞跃礁石,漫过草岸,搓揉受伤的脚趾。月光月光,水声水声。

　　甘蔗在故乡的田里抽长,等待柔软的女唇。我的同学进了成衣厂,无法为自己缝纫华丽衣裳。婚变之后,她带着空洞的眼神回到村里,每天徒步到河边,坐着,茫茫地远眺小镇那儿的夫家。河,早就瘦了,一个身躯臃肿的少妇找不到等量肥硕的河负载她,除了空茫茫坐着,喃喃自语一些旧事,连野犬踅到身后嗅闻,也不惊了。

　　女同学的病没好过,也好不了。那丛麻竹躲在新造的楼厝间，寒碜得可笑。我却相信女鬼还未走远，学会在空气中漫游，窃听月光下少女的心跳；她对大红喜饼仍然过敏，遂悄悄在饼面撒巫粉。她横了心穿一袭湿衣服，可是得让人知道湿的难受，仿佛多一个女人霉了，她的衣服就干一寸。我那河畔同学并不知道自己是个传人，成了麻竹丛的新笋。

生命，有时连鬼神也无法逾越那份孤寂。一个个欹睡在太阳底下，飘息于黑旷野的人，如尖利的犬牙反过来啃啮生命的颈脉。舍了身、化了尘，那口冤却不肯散，一朵朵乌云浮在人世半空，狞笑活着的人，嫉妒活着的人。

炎夏街头陌生的女人，你在槭荫下，睡得生锈了，不知道颓丧的她从白椅站起，用一瞬眼神跟你打了招呼，倾诉只有女人能懂的艰难。而后，她穿越灰烟漫漫的大街，上了楼，此刻疲惫地在我身旁午睡。我不会修正她醒后的去路，揣在衣袋的邀帖也无须撕毁，她必须去，与众人一起赴宴，坐自己的席、历尘世的险。

而我将守候在壮丽的河域，为她漂洗多尘的影子。她若好心眼，邀三两个同病相怜的回来小聚，我自会抖一件晒酥了的衣，送给那位水淋淋又哼着小曲的闺女，告诉她，朝着太阳的方向走，总有一天会干。

发表于一九九〇年十月
一九九六年五月修订
二〇二〇年五月修订

雪夜，无尽的阅读

1

我应该如何阅读一个旅人的故事才不会惊动早晨的阳光？

春天已经破冰了，当我这么想时，仿佛看到无边际的透明冰河上，一名瘦女子悠闲地散步，在她的步履起落之间，冰层脆声而裂，露出水，晃动云影天光。这样的想象当然超脱现实，但唯有如此才能形容今天早晨当我睁眼，看见窗玻璃被阳光糅成亮银色时的喜悦。好像人躺在巨大的时间转盘上，沿着刻度慢慢转动，终于从冷冬移至春分。被亮光穿透的感觉使我产生轻微的幸福感，小型啮齿动物轻咬的那种，尤其空气中有一股干燥的香气，接近刚成熟的柳橙掉在新鲜草地上的气味。我因此觉得世间一切事物都因季节更移而有了新的身份与面目，甚至兀自揣想，如果仔细找，说不定可以从棉被底下拖出自己昨晚蝉蜕的淡灰色皮膜。换了个人的感觉着实美妙,虽然过去两天,认床的老毛病使我连睡在自己的新床上都会神经质地失眠起来。

是的,从起床到发现那篇旅人故事以前,我都在阅读阳光。

一天之中,人的情绪起伏是无法掌控的,就像测不准原理所揭示,永远有看不见的孽贼藏在欢愉时光的毛细孔内,伺机发动偷袭,将你从峰顶推入谷底。如果,不是贪恋灿亮的阳光,我不会取消约会待在家里做点事,如果不待在家里,我当然不会上书房整理开箱上架但尚未归类的四五千本书,要不是得在书房耗很久,我就不会超量地煮一壶咖啡端上来喝。如果不把咖啡壶放在柜子上,当然不会失手打翻。接下来的连锁反应若以慢动作重播是这样的:装着黑色液体的玻璃壶自高处坠下,我本能地伸手承接,就在触地刹那,玻璃迸裂,划过我的手指,咖啡飞溅到我的衣服、一摞书、米色新沙发,然后像鼠疫一样滑过地板濡湿一叠乱七八糟的文件。同时,我看见指头流血了。

我很好奇别人碰到这种意外时的反应,"该死""笨蛋"或咬牙切齿咒了声"干",而我的反应真是上不了台面,居然发出卡通式的"噈哦"并且急慌慌地摘下眼镜。我一面清理碎片一面骂自己"低能",很奇怪,这一骂反而把气概逼出来，既然事情发生了，管它去死，那就发生吧！手指还在流血，我恣意抹在浅蓝棉T恤上，咖啡渍加上血印形成诡异的华丽，如龟裂的焦土高原忽然窜放红火鹤，飞向蓝天。我为这种离谱的念头感到好笑，干脆脱下T恤当抹布，擦拭那叠湿答答的文件，并且决定待会儿就把新咖啡壶拿出来再煮它一壶满满的咖啡端上来放在柜子上看事情会不会重演？我把文件、档案铺在楼梯上，让穿透半面玻璃砖墙的阳光烘干它们。于是，那只被黑蟑螂啃得不成体统的牛皮纸袋与我面对面了，袋上用签字笔写着粗黑大字："未完成稿，暂存，一九八九。"

没错，是我的笔迹，但怎么也想不起七年前把没写完的稿子装入牛皮纸袋的事。这完全违反我的习惯，稿子没写完，表示失去热情，当然丢入垃圾桶，干吗费事保存？我是不是该怀疑自己提早得了阿尔茨海默病，要不然怎么会觉得这只牛皮纸袋像被别人栽赃般愈看愈糊涂？当然，字迹是我的，那错不了。

我抽出里头的手稿，约莫三四十页，神经质地捏着手稿一角用力抖松，赶蠹鱼。一股霉湿的气味冲入鼻腔，没写完的稿子就像未瞑目的人，在时间的岸边磨磨蹭蹭，等着有人听他说罢遗言，才肯含笑离席。

2

我们对记忆了解多少？自己的、他人的，以及自己与他人之间相互增删、蓄意霸占或秘密窥伺的记忆内容。我相信那是终年暧昧的云梦大泽，看起来像风景明信片般简单明了，当你试图跨越，却发现渺茫无边，而你贫穷得连半截浮木都没有。那么，我们终日挂在嘴边不断复述、宣扬的那套记忆，可能是基于自我防卫而自动删改、润饰过的，像风和日丽的景致，就算有瑕疵，也是小风小雨。我们躲在里面过日子，假装很幸福，久了，也变成真的。而真正的经验那些以战栗手法逼迫我们见识生命疮孔的，却被我们驱赶到意识最底层、最阴冷的角落去，那儿杂树乱草，魑魅们四处漫游、相互斗殴。那些被埋入记忆坟场的经验，或许将永远不再骚扰我们的心灵，痛苦与惊惧就像别人家屋檐下晾晒的腊肉，下大雨没人收，也跟我们无关。

我坐在楼梯上审视这叠手稿，阳光瘦了下来，但还是亮得很大方。不远处有一两只啼鸟的声音，悠悠荡荡地，把空间叫宽了。刚搬来没几天，还抽不出空认识附近环境，只顾安顿室内什物，这些将与我日日厮磨、共织未来的器物若不理出秩序，我是没心思往外逛的。然而，此刻显得有点荒诞，我居然为一篇未完成稿而跌回往昔，试图钩沉记忆，阅读旧日。要命的是，溯洄的小径仿佛只随着鸟啼而短暂浮现，当我想跃入，路径又消逝于空中。莫名的怅惘令人无处着力，也因此，我放任自己的眼光从玻璃砖墙向外游走，院子边有两棵高大昂扬的木棉树，新叶初绽，花未褪尽。木棉花总让我想起壮士断腕，与生俱来的烈性容不下一点犹豫、怯懦，她浑身着火似的颜色，本来就不是为了自怜自艾，面对自己的生命，她也敢当刺客的。

正因如此漫思，我随意抽出另一张手稿，读到"从秋街的败叶里／清道夫扫出了／一张少女的小影"，目光游移于败叶与眼前悬挂在高枝的木棉花之间，一股似有似无的熟悉感渐渐聚合。从败叶、少女小影的触发，即将粉身碎骨的木棉花之提醒，旧日与现在的边界逐渐消融，意象相互渗透，使我自然而然地滑回往日，仿佛有个谜埋在那里，今日之我必须让它破土而出。

纸上有一抹干血，那是刚刚印上的，手指的血已经止了，刚才的小灾难仿佛没发生。我决定煮一壶咖啡，到院子晒太阳。

一直到天暗下来，我几乎没离开院子，或者应该说，没离开那叠手稿。首页右上角，涂涂抹抹后写下两个字"雪夜……"大概是构想中的题目，打算以"雪夜"做开头的吧。

"我觉得有块墨在我雪白无垠的脑中磨开"，文章是这么开始的。

3

我觉得有块墨在我雪白无垠的脑中磨开,黑汪汪的一池,恶意的野猫在里头泡爪子,到处跳逗,那雪白活活地被玷污了。

半夜了吧,只有一两辆车疾驶而过,扰乱秋夜凉爽的气流,复归安静。我大约走了三小时,从东区某家旅馆开始,无目的行走,遇天桥则上、逢地下道则入,哪边绿灯就往哪儿走,一切随缘。在城市混迹十来年,难得像今晚这么放心大胆,完全不理会单身女子走夜路会招致危险。事实上,我虽然看起来像个夜游者,然而心里只有自己,好像这么走着走着,可以走进自己温热的体内,寻觅失落甚久的某样东西或只是放松下来好好地歇息。正因为如此专神,日光灯闪灭的地下道内一名亢奋的暴露狂并没有令我却步,天桥上邀我做爱的穿西装无聊男子也没有使我不悦,我甚至跨过倒卧街角的流浪汉并且让路给几只从坟域奔窜而来的老鼠,就这样走到新旧交杂、死生共处的南区边界。脚酸了,找把椅子坐下来,旁边是一棵倾斜的黄槐,被不远处的路灯照得鬼气。暗夜阒寂,眼前的黑暗因掺了路灯的幽光而显出层次感,但一层比一层荒凉,像沉默的冢，新新旧旧躺的都是孤独人；声声虫唧、擦过树叶的风，把寂静拉得天宽地阔，使我倏然晕眩，恍如在海洋沉浮又被掷回陆地旋转。脚是真酸了，隐隐抽痛，凭着这一点知觉，我总算知道自己身在何处。但意识仍然像孤魂野鬼又荡出去了，时而在海洋，时而在陆地，意象杂沓、断裂且零碎。蝴蝶跟风私奔。鱼在火炉上写传记。而我呢？盯着地上的黄槐落花，"从秋街的败叶里／清道夫扫出了／一张少女的小影"不知怎的，想起卞之琳的诗，一只脚晃啊晃，踢着椅边的杂草。也许我只配幻想死亡的甜蜜。

原来这么走会走到南区。我笑起来，好久没这么笑过，算是暗夜里唯一的肯定句，要是有人恰巧经过，一定以为我痴疯了。然而，什么叫痴疯？只要我自己不觉得，当然可以放心大胆地笑下去。毕竟别人不能理解这种感受，好像小学时代试卷上有一道题不会做，闷了大半辈子，今晚终于想明白了，当然值得高兴。实则，我应该哭才对，又不知该从哪里哭起？要不是倦到一定程度，我不会没头没脑走三小时只为了得到"会走到哪里"的结论。然而，笑的纹路僵在脸上以致无法更换表情，但我真是倦极了，把头埋入双掌，觉得无依无靠，而黑夜是唯一肯拥抱我、拍拍我肩膀的。

那人呢？我相信他已在旅馆里睡得滚瓜烂熟，做着梦。此刻，我坐在荒郊野外的黑夜里回想他，一股奇异的感触慢慢涌升，仿佛人浮在空中，可以俯瞰他、窥视他，进而把两人乱麻似的情事理出个形状，这是过去多年来从未有过的感觉。我想，过去太耽溺在两人构筑的井里，虽然现实上分隔南北，自己的神魂却与他同占一个时间、空间，从来不想跳出深井，探头审视井内的景致。我并非不明白耽溺的危险，但放纵自己规避，并且几近狂暴地说服自己继续这个实验，证明圣洁的爱情跟体制无关。

对面马路上，散着一顶布帽子，不远处还有一只鞋，是男人的。隔一段距离看着被丢弃的帽子与鞋，仿佛看懂了流离世间种种不得已的事。这路段常出车祸，那些东西说不定是某位出事者遗下的，那么事后，他的亲人挚友到现场来也只能找到一帽一鞋而已。人呢？如果人走了，他最亲的人如何透过遗物重塑完整的他？我想，世间里的缱绻情事，是不是到最后也只能得到衣冠冢而已？无所谓不朽的誓言，无所谓完整的爱，也无所谓三世一生。

一辆巡逻警车经过，顶灯像旋转的红花，没看见坐在路边的我。索性把鞋脱了，我盘腿坐在椅子上，如僧。秋夜的凉沄像陌生人温和的搭讪，我觉得仿佛有个鬼搭在我背后，害羞地，想找人聊聊天。呼吸着秋夜清新的空气，谛听远远近近的天籁，我想，人也是可以走到跟神、人、鬼都无冤无仇的地步的。

现在，隔着距离，我可以阅读他的梦了。

一个中年男子的梦能跑多远？以前，我以为再怎么天高地厚，爱可以让人背上长出结实的翅膀，飞到无人能够追缉的国度，在山巅水湄砌筑两人的石屋。我靠着等这一天而撑下来，不断在等待中反刍内心世界的亮光从幻想中一幢用坚固岩块砌成的石屋窗户透出来的。渐渐，我知道一旦青春被没收了，人只剩做梦的欲望，丧失践梦能力。一个中年男子就像厚海绵裁制的鸟，在池塘内泡了几天几夜，好不容易挣扎上岸，嘴巴说要御风而行，无奈全身被水分拖累，一举步还涎着泥巴浆，注定是拖泥带水的。我到现在才愿意承认，这么多年来等着他风干，一起乘风遨游，是平白无故自己哄自己而已。实则，没有人承诺我，是我对他的爱过量了，超过现实所能负荷的，以至造梦来储放。梦幻中，我自己替他做承诺让梦得以穿透时间阻力继续往前绵延。现在，我看清这一点，更加哑口无言。

而此刻，在旅馆酣眠的他，如果有梦，也许只是梦回南方的家吧！我闭眼，恍如侵入他的梦境，站在他背后看着：宽敞的客厅、意大利蓝皮沙发、装饰用壁炉上挂一帧年轻时代参加摄影比赛获得冠军名为《湍流》的作品。他对我描述过的——以前，我老喜欢叫他描述室内摆设，尤其做爱之后，我腻在他身上，半清醒半虚脱地要他从大门开始说起，带我走一遍；空间、位置、光线、色彩、气味、声音……我记得很仔细，连哪里最会长灰尘都知道，更随时修订实况，包括小茶几上一只花瓶打破后换上一盏灯。在肉体极尽奔腾、神魂幻游之际，我随着他的声音"回家"，脱离那张滋生病菌、无数尘世男女在上面分泌体液的旅馆床，回到"我们"的家，一起在松木双人床上入梦。是的，上楼左转第一道门就是卧室。

卧室门口墙上，挂一盏少女双手捧月似的灯，圆形灯罩，浅浅流出麻雀黄的光，我知道的，我知道的。

现在，我看着他进卧室。长期婚姻让人长出新本能，一个酩酊男人闭着眼睛也能摸进卧室，姿势无误地挨着妻子躺下。他说过他缺乏安全感，那个家固然有种种瑕疵，但置身其中没有困惑不必狐疑自己是谁，他清楚明白自己的角色、妻子的习惯、儿女的个性，虽然每天有不可预测的争执，但彼此交缠的根须已提前扎满尚未到来的时间。而我是什么？我是他每一两个月北上出差时固定会晤的旅馆情人，是他生命中意外的访客吧。当我无数次尾随他的声音，自以为像希腊神话中，善弹七弦琴的奥费斯以撼动鬼神的音乐自冥府带回他的爱妻般，我尾随他的声音脱离狼狈且焦躁的现实，回到绿树浓荫的花园。现在我弄懂了，他不厌其烦地描述自己的家，并非为了在无限自由的精神层面携我返家、视我为妻，只是一个创业有成但严重缺乏安全感的中年男子，在激越的官能活动后为了处置愧疚，乖乖地躺回妻子身边而已。

夜凉了，仿佛百足蜈蚣在我的膀子上散步。我仓皇地从他的梦境退出，不能承受自己竟然花了那么多时间依附在他的生活上，像个躲在后院的乞丐，捡拾别人家厨房抛出的剩菜残羹，还沾沾自喜今日的菜色比昨日丰盛。我在这一刻被自己击溃，男人可以不懂我的内心，不懂我何等企盼完整的爱，但我怎么可以蓄意忽略自己吞咽破碎的爱是何等割喉，转而依照他所剩无几的生活空间，活生生削砍自己对爱的梦想，以便能够塞入他的生活。小腿的抽痛延伸到心脏来，隐隐绞着，我不禁放声吼哮，像暗夜里遗失幼雏的母兽，我遗失了尊严，在爱的圣坛上原应被供奉起来的尊严。

而如今，少女老了，少女老了。

4

一口气读到这儿，的确不是一篇让人愉悦的文章。尤其，潜入一个女人的意识流域以侦测其心路转折，本来就不容易写得好，我猜当年一定写得很辛苦，手稿上涂改的痕迹布满每一页。

还是没想起怎会写它？一九八九，念了两遍，像闷在鼻腔内发痒但打不出来的一个喷嚏。那年发生了什么事？

咖啡冷了，大约已到午餐时刻，肚子有点饿，但没什么食欲，不吃也是可以的。倒是阳光烈了些，把我的眼睛扎得不太舒服，干脆把躺椅挪到廊下，今天的太阳看样子是可以把八辈子的恩怨情仇都晒干似的。打电话叫了外送比萨，还是吃点东西尽人事吧。其实，比较想吃意大利肉酱面，还有蘑菇汤，当然，再来杯热咖啡就更完美了。挂了电话才这么觉得。

"那就给我意大利肉酱面，蘑菇汤，加一杯卡布奇诺！"突然，这句话浮出脑海，"吧嗒"一声扣上刚才想吃意大利肉酱面的念头，使得原本即将飘走的意念有了重量，具备不寻常的熟稔。我怔了几秒钟，那种感觉像碰到一个曾经很熟的人，可是一下子想不起他的名字，又相当自信没忘记，只不过不知把那该死的三个字放在脑袋哪个该死的角落，以致陷入短暂的痴呆状态。接着，一些零碎、模糊的视觉印象渐次显影，伴随着瓷盘钢叉相碰的哐啷声、嗡嗡然人语、热腾腾的食物气味、咖啡香，以及轰炸敌营般的磨豆机的巨响。

是个餐厅，我想起来了。那天的情形立刻像沉在海底的陶罐被打捞起来：我到市区办事，路过那儿，干脆进去吃中餐。是个兼卖商业简餐的咖啡连锁店，里头坐满上班族。一个胖嘟嘟的女侍把我塞到最角落最见不得人的位置，急吼吼问我吃什么，我要求换到另一张空着的四人桌，她说对不起哦没办法，我们中午生意很好。果然，她的话才说完，另一位女侍带着四位饿鬼似的上班族填满那张空桌。我心里不太舒服，但生性懒散、怯懦又使我不愿另觅餐厅，所以连 Menu（菜单）都没看，我怪腔怪调地说："那就给我意大利肉酱面，蘑菇汤，加一杯卡布奇诺！"心里还嘀咕：这种店有什么好吃的？生意好成这样，台北的上班族真是没地方混了！

就在我用叉子很完美地把面条旋成一个小陀螺送进嘴里咀嚼时，一面吃东西一面四处乱瞟的坏习惯（通常是瞄别人盘子里的食物，怕自己错过什么精彩的）使我很快看到有人推门进来。丁零零，玻璃门上的铃铛响着。欢迎光临，恰巧经过的女侍说。是个女人，我对穿着摩登的女人会多看几眼。她约莫四十出头，中等高度，身材保持很好。头发齐肩，烫成细卷，定型液喷得恰到好处。淡妆，长得秀丽而含威，一看就知道是固定上美容中心做脸、指压的，皮肤颇具光泽。她穿一件麻纱藕色短袖长衫，配黑色荷叶浪剪裁的丝质短裙，姿态雍容，就这么笔直地从门口往我这方向走来。我一面品尝肉酱面的香味，一面盯牢在她胸前晃动的一块镶钻翡翠坠子，心里估算那种水幽幽的绿法大概十来万跑不掉时，忽然见她在我左前方那桌停下。接着发生的事情，我非常不愿意再复习一遍。

那是张双人桌，背对着我坐一位魁梧的男子，四十五岁左右，穿浅棕色水洗丝衬衫，像是商界人士，坐在他对面的是个小姐，没看清楚长相，大概三十岁不到。跟所有的客人一样，他们正在用餐。那位端庄高雅的藕色女士走到桌旁，啥话也没说，打开宝特瓶——这时我才看到她拎了只汽水瓶，以迅雷速度高高地举起，朝那位小姐胡乱泼洒，黄色的液体四处喷落，那两人被泼得一头一脸，那位小姐尤其浑身湿透。当男人夺下宝特瓶，抓住藕色女士的左手腕时，她那只右手比训练有素的警犬还敏捷，"啪！啪！"左右两声，捆在那位正用餐巾擦拭衣服的小姐脸上。

"你这个妓女，你想刨我的底啊！"藕色女士扯开嗓门骂，"休想，我不会离婚！"

我呆住了，嘴里含着的面条顿时像一大绺老鼠尾巴般令人作呕，我随即吐在餐巾上。男人铁青着脸，强行将藕色女士拉出门外。所有的眼光像舔血的苍蝇盯着那位年轻小姐，她失了魂般站在那儿，双手机械式搓弄桃红色针织上衣，牛仔裤上一大块湿印子。她低着头，飘逸的长发自肩膀垂下，也是水淋淋的。

是的，她长得很清秀，没经过什么大风浪的寻常人家女儿，青春仍在她身上闪耀着，所以还可以睁着水灵灵的眼睛钻入爱情国度宣读自己一字一句珍藏的海誓山盟。当我们逐步走入枯槁年岁，眼睛除了布满世俗血丝已找不到无邪的水波；我们臃肿了，摊在床上大口咀嚼肉体的滋味，讥笑宛如百灵鸟般在高空鸣唱的恋歌；我们也变成精算家，懂得追求情感里的"利润"。

而她不是。也许谈过一两次失败的恋爱，但在欲望面前，她绝不是恣意宽衣解带的玩家。

像她这样的女子，说不定从校园时代开始便在月夜下私密地编织理想的情爱世界，她会这么想吧：好比在一棵有风有雨的面包树底下，两个人各骑一匹马，持方天大戟分道奔蹄；以戟画地，驰骋出自己的疆土。分开看，各有各的绮丽山川；合并看，明明是完整的两人世界。平日各自砌筑王国，黄昏时高呼，也知道回到大树下厮守，无限宽广，却又窄得没有空隙让奸细藏身。

她这么想，也就这么寻觅，睁着惺忪的眼睛走一趟世间，要找那个可以跟她天宽地阔又同命共体的伴侣。她没有想到自己会一脚踩入别人家的庭园。

一名女侍过来清理桌面，另一名擒着拖把、嘟着嘴拖地。年轻小姐如梦初醒，提起皮包正要离去。咖啡店的音乐照常播放，客人照常用餐，语声照常嘤嘤嗡嗡偶尔露出几声哼笑，众人的眼光像白刀子挑断年轻小姐的衣扣，剥光衣服，恣意强暴、讪笑。就在她往门口走的时候，那位发怒的藕色女士自门外冲进来，又是清脆的两巴掌甩在年轻小姐脸上，继而对追上来的男士厉声宣告："你打我，我就打她；你逼我死，我一样要她死！"

这绝不是爱情。爱情里怎么可以有伤害、残破、仇恨、罪恶与污秽？如果爱情里有这些，寻觅它的人跟翻垃圾箱的饿鼠又有什么差别？

是的，藕色女士的宝特瓶里装的是尿。

比萨送来了。真后悔想起这些不愉快的浮生俗事，搞得自己一点胃口也没，勉强咬了几口，即塞入冰箱。沏了一壶花果茶，回到廊下时，野风吹翻手稿，有几页飘到木棉树下。

仰首从两棵木棉纠缠不清的枝条间望天，觉得天空是没办法修复的破镜，扔也扔不掉的；你照着，每一片碎面都忠实地现影，却无法拼出完整的你。

记忆也是如此吧。七年前，目睹那一出情爱荒谬剧，我想我一定潜入那位年轻女子的意识纤维，跟随她沉浮于那一笔千疮百孔的情债里，浮的时候以为快熬出头了，沉的时候如在炼狱。或者，换个角度看，也可以说那位陌生女子将她的痛苦植入我的脑里。当餐厅内的客人以观看免费工地透明秀的亢奋表情睥睨她，而她所付托的男子无法为她解围时，我不忍逃避地承接她当下的羞辱与痛楚。虽然，表面上看起来，坐在她附近的我，怎么看都是一脸懦弱相的。

存在于她与七年前的我之间的，或许可以称作意念的附身吧。我幻化成她，去体验她的无助与狼狈，去目睹原本纯洁如早春百合的爱，如何被粗暴的世间力量斫断，弃置于污秽的阴沟内。藕色女士自然是有伤的，可以大锅大铲炒热她的伤，那男子也说得出一箩一筐的无奈，唯独她只能沉默，无处容身。

正因为心疼她走了艰险的路，七年前的我才会钻入她的运途，与她一起匍匐吧！难怪现在怎么回想都想不起那年夏天以后，关于我自己的生活内容。

离开那家咖啡店后，那位穿桃红针织衫的女子到哪里去了？像通俗剧一样哭泣、割腕、住院吗？还是洗了澡后睡一觉？她知道在浮世荒漠里，有个路过的陌生女子在刹那间对她心生怜惜吗？而这种怜惜，在她那宿命纠葛、俗世课业里，或许不会有人愿意给她。

我猜，当年一定差点在她的意识湍流里灭顶，因为接下来十多页的手稿内容不仅晦涩、错乱，而且低调得简直像临终遗言。不过，这一大段后来用红笔画掉了，显然当时自己也极度挣扎，不知如何收尾，才会搁笔让它变成"未完成稿"吧！

手稿的最后几页，涂涂改改地，能辨认的部分是这么写的。

5

我逼迫自己回想三小时以前的事。在这样枯寂的夜，如果生命要继续，就必须先把自己弄痛、弄麻了，才有气力往下走。

三小时以前，我从旅馆出走时，他刚睡着。我站在床前看他，那张脸曾经是我眼底唯一的风景，然而刹那间，我的体内仿佛充满浮冰，被遥远的冰河召唤着以至颤动起来，有个声音在耳边说：不是他，走吧，不是他！

如果能够拨回时间，我情愿回到三小时以前替他消掉那几句话。人，能自欺下去也是一桩小幸福，怕就怕走了泰半的路却被拆穿，回不了头，也没力气走下去。

我原以为我与他可以在无人叨扰的精神世界里

偕老，纯粹且静好，就这么神不知鬼不觉地把彼此的一生编织起来。我以为我已经完完整整地占据他的心、盈满他的记忆，如同他完完整整地盘绕在我的白昼与黑夜。只有如此，我才有方寸之地容身，站得稳稳地，继续跟现实战斗，无视于周遭的嘲讽。

然而，三小时以前，他在我面前打开记忆锦箧。我从他缓缓叙述、语调忧伤的声音中，仿佛看见这只锦箧一直埋在瀑布湍流下的深渊，用水草捆着、石头压着，而他无数次潜入渊底，摩挲它、审视它，深情地追忆往日年华。他看着我，实则，通过我望向遥远的过去。他只是借着我的形体——一个女人的形体做支撑，让锁在记忆锦箧内的另一段恋情，另一名女子现影。像善乐的奥费斯坐在旷野，对着任何一个路过的妇人或任何一棵枯树弹奏七弦琴，吟唱他历尽艰险自冥府带回亡妻，却在即将步入阳世时违反与冥王的约定，回头看了妻子一眼以致永远失去妻子的悔恨。失妻的奥费斯沉浸在自己的情涛内，路过的妇女只是路过的妇女，枯树也只是枯树，任凭他盯着它们百千遍，也是不相干的存在。

我才明白，现实里，那个时有争端的家是他泊靠的港；形而上，那只锦箧才是他藏身的秘所。我是什么？我是路过的妇人，是一棵无花无果的瘦树。

"你……你想她吗？"我存心这么问，也到了听真心话的时候。

"是。她是个让人难忘的女人，我永远没办法忘记她……"

此刻，如果他有梦中梦，是梦回南部的家躺在妻子身旁而后安心地梦见难忘的情人吧！被摒弃在梦之外，我把自己拎到这荒郊野外来，觉得心被极地的冰岩封住了，仿佛有块墨在我的脑中磨开，黑汪汪的一池，浸污了我曾经信仰的雪白……

6

"未完"，文稿的最后一页标示着。

阅读这样的旧稿，真像死了几十年后，魂魄飘回葬岗，给自己的枯骨残骸做考古研究，时间不对，心境也不对。然而，既然发现它，又不能假装没这回事，"未完"的意思就是不管好坏，等你给它一个结论。

我想，最擅长抽丝剥茧的人也没办法给人生一个结论吧！遇合之人、离散之事，同时是因也同时是果，人在其间走走停停，做个认真的旅行者罢了。把此地收获的好种子携至彼地播植，再把彼地的好阳光剪几尺带在身边，要是走到天昏地暗的城镇，把那亮光舍了出去，如此而已。当然，文章还是得收尾的。阳光被黄昏收走了，我信步走到木棉树下，拾几朵完好的花打算放在陶盘里欣赏，顺便推敲文章的收法。也许，把这篇未完成稿定为《雪夜日出》，今晚就潜回七年前，带回那名在浮世红尘里寻觅完整的爱的年轻女子，及搁浅在她的意识流域内的我自己。结尾就这么写吧：

  我知道穿过这座坟茔山峦就能看见回家的路，闪闪烁烁的不管是春天的草萤还是冥域鬼眼，至少回家之路不是漆黑。我也知道冰雪已在我体内积累，封锁原本百合盛放的原野，囚禁了季节。

  我知道离日出的时间还很遥远，但这世间总有一次日出是为我而跃升的吧，为了不愿错过，这雪夜再怎么冷，我也必须现在就启程。

发表于一九九六年七月

二〇二二年五月修订

辑二 砖头红

女儿状

我总是看见你的脸,仿佛时间知趣地自你两翼滑过,丝毫不敢腐蚀这张宛如天使的脸庞。

当我驻扎在自己的生活里,像一个驯服的市民沿着满街霓虹无目的行走,总会在某个刹那忽然疑惑或是清醒:我在哪里?那瞬间是寂寞的,暴雪压枝时节,一只小粉蛾的寂寞。通常在用力吞咽唾液逼出一层薄泪后,继续在街衢行进。而我知道每经历一次瞬间,总有几丝几缕的"我"被抽走,你能想象那种情景吗?有人隐匿于半空,熟练地自你的毛衣背后抽线,你完全了解这种游戏,却束手无策。

不同的是,我自愿。渐渐也能享受这种抽离所带来的欢愉。至少,能够再次与你见面,在我秘密允诺过的海边。

你比我长一岁,住在不同乡镇。我仍记得认识你的那天,沿路的稻田绿得像太平盛世。坐在摩托车后座的我有点紧张,盯着远处某间民宅默诵一首诗,直到看不见了,换另一根电线杆背另一首诗。我不知道自己够不够幸运，但是非常希望能"为校争光"，多么令人莞尔的念头，我相信你也是。带我去的老师提到几个强劲对手的名字，使第一次参加朗诵比赛的我倏然沮丧起来，你一定了解那种情绪，渴望超越对手却又洞悉自己的虚弱。

你比我想象中娇小，像从深秋橘园某颗大福橘剥出来的一瓣弯肉，牵着白色筋络且涌出三两滴琥珀色汁液。我无法解释为什么用这种可笑的想象记录你，也许是贫穷时代对食物的欲望比较发达，也许年纪太小无法使用繁复的文字，不管如何，在学会以高贵、典雅、脱俗、朴素等符号系统记录人事之前，你是我乡村时代蔬果时期的珍贵记忆。然而，见到你的那一霎，我强烈地讨厌你，那是成人世界不易理解的孩童式直觉，虽然，主办学校的教务主任正在介绍评审，说明比赛规则，参赛的我们也尚未抽签决定次序与诵诗内容，但我知道你会摘下冠军。

每一首诗渴望被高声朗诵，如同每一桩故事企求被完整保留。多年之后，我渐渐明白自己之所以落败，并不是抽中的那首诗过于平庸，而是事先聆听了你的朗诵，宛如天使清音点醒雪封枝丫里的每一粒花苞，让折翅粉蛾也有想飞的欲望。你的脸细致匀净，那首诗藏在眉目之间，含笑起伏。我被你吸引，歆羡你拥有我从未见识的华彩。以我们当时年纪与成长环境，很难说你已窥得文章堂奥，也许是沛雨平原自有一股风情，在人的身上孵育出浑然天成的气质，那首诗正好如一群白鹭远道飞来，栖息在你的水乡泽国。

是的，你拿走冠军。我与另一个人同列第三。是的，我拥有的奖状已够糊满一墙壁，可是对霸道的孩童而言，她不允许别人拿走最好的那一张。说不定你也有同样困境，过早在学校生活里集宠爱于一身，不知不觉抽长恶质芽眼，渐渐变成罹患"恋冠军癖"的小孩，拘泥在狭窄圈子欣赏自己的庞大身影。我必须感谢你带来强而有力的一击，放学回家，我绕到河边丛竹背后那间堆放农具的稻草寮，西红柿园与野生的九层塔散发辛辣香气，黄昏缓慢地降临，人有人的归途，草木鸟兽各有其安顿与隶属，我蹲在河岸，从野蕨的缝隙看见自己的倒影，浮动的、模糊的，竟有想哭的冲动。书包里，那张奖状卷成圆筒形，搁在每个礼拜四营养午餐才会加发的、不知来自何处援助偏远学童的方块奶制食品旁边。我应该感到高兴才对，这一天获得的东西都是珍贵的。然而，我听见你的声音，如一艘神奇的长舟航向无垠海洋，鸟飞鱼跃，绵密的翡翠雨相互敲击而成妙音，我看见你的脸，如此静好。第一次，我摊开奖状，仔细阅读每一个字，了解意义，又不可思议地逸走，觉得它与我无关，只是一张镶闪金花边、盖一枚大红印的纸。我开始厌弃自己的世界，并为种种自负、骄纵的行止感到猥琐。来自对手的启发往往比腻友的忠告更具颠覆。我现在清晰地看见那名绑双辫的女童蹲踞河边慢慢撕掉一张印着"奖状"二字的雪铜纸付诸流水的意义。然而，她尚无能力描绘未来，贫瘠年代的女童，只是庞大运作体系里一个个感叹虚字而已，一壁荣誉状也无法预测按在背后那枚命运朱印的内容。多年之后，我才知道你给了我一次机会，种下"追寻"的种子。有一个更美好的世界在远方等着，美好到值得为它流泪。

后来，意外得知你们家与我的同学有姻亲关系，两家偶有往来。当时，邻乡通婚的例子颇多，交织出的乡镇地图上，常常是满盘亲戚。再见面时，你已小学毕业。暑假刚开始，我与同学骑车打算到海边捡贝壳、石头，她说："你讲的那个第一名住在附近呢！"既是亲戚，她提议邀你共游。

你卧病的母亲强烈咳嗽，一屋子熬煎的中药味呛得令人窒息。她显然对我们的造访感到不悦，只说某位隔厝大嫂带你去成衣厂应征，你是长女，女孩子念不念书以后还不是嫁人，做女孩子要认分。

你追寻过吗？我看见好几张奖状用饭粒贴在谷仓与厨房之间的墙壁，上面不知被谁用蓝原子笔恣意圈画，还沾了几粒干硬的米饭。你的名字一遍遍在我耳边响起，从你母亲的咳嗽间隙、从奖状字面、从我想象过的神奇长舟里，一再交杂、跌宕，我竟无法分辨何者为真。稻埕上，两个垂涕男童在鸡冠花丛边扯衣争夺，一枝艳冠折茎倒地。你追寻过吗？天空之外的天空，山峦背后的山峦，有一个更美好的世界等着，一个值得我们为它痛哭、为它匍匐的美好世界,你向往过吗?当命运使者粗暴地将你压在长凳上,掀衣烙下大红印时,你是否想起曾经有一天你以甜润的童女之音赞美过一首诗?

我们弯入海岸石路之前,一个瘦小的身影骑车驶入通往你家竹围的小路,也许是你,也许不是,隔着一段距离无法辨认。我私心认为就是你,格外贪婪地回头盯着逐渐隐没的背影,恋恋不舍。你会遗忘,我说不定从未认得故无所谓遗忘,你不会有机会知道我曾想象一艘神奇长舟来保留你诵诗的神采,并且愿意献情追寻。

我们也到了年华凋零时节,回顾往昔旧事,不免有置身雾境的感触。如果你与我在诵诗比赛那一日互换运程,此刻的你会在哪个都市的哪处角隅遥忆一段不曾交织的友谊?你会不会从炫目的霓虹市街忽然逸走,想起我的声音,遂秘密地在心里推敲一首诗,想要献给童年时渴慕的人?是的,你的心会回到荒凉的海边,开始为我默诵:

马缨丹纠缠黄昏海岸

肖楠木的骨骸　装饰碎石路

有人在芒草丛里种植墓碑

沙丘上　驻防小兵

计算恋人信件

你幻想已经离家出走

养一枝鸡冠花　半袋押过韵的石头

假装自己死了一天

就这样躺卧沙滩，等待长舟

梦着无人能追赶的梦

不再醒来

命运在远方编织铁网

一个驿站衔另一个驿站

旧时海岸路

一朵鸡冠　依然尽责超度

起雾的童年

发表于一九九四年三月

一袭旧衣

说不定是个初春，空气中回旋着丰饶的香气，但是有一种看不到的谨慎。站在窗口前，冷冽的气流扑面而过，直直贯穿堂廊，自前厅窗户出去；往左移一步，温度似乎变暖，早粥的虚烟与鱼干的盐巴味混杂成熏人的气流。其实早膳已经用过了，饭桌、板凳也擦拭干净，但是那口装粥的大铝锅仍在呼吸，吐露不为人知的烦恼。然后，蹑手蹑脚再往左移步，从珠帘缝隙散出一股浓香，女人的胭脂粉与花露水，哼着小曲似的，在空气中兀自舞动。母亲从衣橱提出两件同色衣服，搁在床上，我闻到樟脑丸的呛味，像一群关了很久的小鬼，纷纷出笼呵我的痒。

不准这个，不准那个，梳辫子好呢还是扎马尾？外婆家左边的，是二堂舅，瘦瘦的，你看到就要叫二舅；右边是大堂舅，比较胖；后边有三户，水井旁是大伯公，靠路边是……竹篱旁是……进阿祖的房内不可以乱拿东西吃；要是忘了人，你就说我是某某的女儿，借问怎么称呼你？

我不断复诵这一页口述地理与人物志，把族人的特征、称谓摆到正确位置，动也不动。多少年后，我想起五岁脑海中的这一页，才了解它像一本童话故事书般不切实际，妈妈忘了交代时间与空间的立体变化，譬如说，胖的大舅可能变瘦了，而瘦的二舅出海打鱼了。他们根本不会守规矩乖乖待在家里让我指认，他们围在大稻埕，而我只能看到衣服上倒数第二颗纽扣，或是他们手上抱着的幼儿的小屁股。

善缝纫的母亲有一件毛料大衣，长度过膝，黑底红花，好像半夜从地底冒出的新鲜小西红柿。现在，我穿着同色的小背心跟妈妈走路。她的大衣短至臀位，下半截变成我身上的背心。那串红色闪着宝石般光芒的项链圈着她的脖子，珍珠项链则在我项上，刚刚坐客运车时，我一直用指头捏它，滚它，妈妈说小心别扯断了，这是唯一的一串。

我们走的石子路有点怪异，老是听到遥远传来巨大吼声的回音，像一批妖魔鬼怪在半空中或地心层摔角。然而初春的田畴安分守己，有些插了秧，有的仍是汪汪水田。河沟淌水，一两声虫动，转头看岸草闲闲摇曳，没见着什么虫。妈妈与我沉默地走着，有时我会落后几步，捡几粒白色小石子。我蹲下来，抬头看穿毛料大衣的妈妈朝远处走去的背影，愈来愈远，好似忘了我，重新回到未婚时的女儿姿态。那一瞬间是惊惧的，她不认识我，我也不认识她。初春平原弥漫着神秘的香味，有助于恢复记忆，找到隶属，我终于出声喊了她，等我哟！她回头，似乎很惊讶居然没发觉我落后了那么远，接着所有的记忆回来了，每个结了婚的农村女人不需经过学习即能流利使用的那一套驭子语言，柔软的斥责，听起来很生气其实没有火气的"母语"，那是一股强大的磁力，就算上百个儿童聚集在一起，那股磁力自然而然把她的孩子吸过去。我朝她跑，发现初春的天无边无际地蓝着，妈妈站在淡蓝色天空底下的样子令我记忆深刻，我后来一直想替这幅画面找一个题目，想了很久，才同意它应该叫作"平安"。

渴了，我说。喏，快到了，已经听到海浪了。原来巨大吼声的回音是海洋发出的。说不定刚刚她出神地走着，就是被海涛声吸引，重新忆起童年、少女时代在海边嬉游的情景。待我长大后，偶然从邻人口中得知母亲的娘家算是当地望族，人丁兴旺，田产广袤，而她却断然拒绝祖辈安排的婚事，用绝食的手法逼得家族同意，嫁到远村一户常常淹水的茅屋。

我知道后才扬弃少女时期的叛逆敌意，开始完完整整地尊敬她。下田耕种烧灶煮饭的妈妈懂得爱情的，她沉默且平安，信仰着自己的爱情。我始终不明白，昔时纤柔的年轻女子从何处取得能量，胆敢与顽固的家族权威颃颃？后来忆起那条小路，穿毛料短大衣的母亲痴情地朝远方走去的背影，我似乎知道答案，她不是朝娘家聚落，她朝背后辽阔的太平洋聚落。我臆测那座海洋的能量，晓日与夕晖，雷雨与飓风，种种神秘不可解的自然力早已凝聚在母亲身上，随呼吸起伏，与血液同流。我渐渐理解在我手中这份创作本能来自母亲，她被大洋与平原孕育，然后孕育我。

据说当阿祖把一颗金柑仔糖塞进我的嘴巴后，我开始很亲切地与她聊天，并且慷慨地邀请她有空、不嫌弃的话到我家来坐坐。她故意考问这个初次见面的小曾孙，那么你家是哪一户啊？我告诉她，河流如何如何弯曲，小路如何如何分岔，田野如何如何棋布，最重要的是门口上方有一条鱼。

鱼？母亲想了很久，忽然领悟，那是水泥做的香插，早晚两炷香谢天。

鱼的家徽，属于祖父与父亲的故事，他们的猝亡也跟鱼有关。感谢天，在完成诞生任务之后，才收回两条汉子的生命。

我终于心甘情愿地在自己的信仰里安顿下来，明白土地的圣诗与悲歌必须遗传下去，用口语或文字，耕种或撒网，以尊敬与感恩的情愫。幸福，来自给予，悲痛亦然。

母亲又从衣橱提出一件短大衣。大年初一，客厅里飘着一股浓郁的沉香味。台北公寓某一层楼，住着从乡下播迁而来的我们，神案上红烛跳逗，福橘与供品摆得像太平盛世。年老的母亲拿着那件大衣，穿不下了，好的毛料，你在家穿也保暖的。黑色毛面闪着血泪斑斑的红点,三十年了,穿在身上很沉,却依旧暖。

我因此忆起古老的事,在海边某一条小路上发生的。

发表于一九九三年三月

女 人 刀

雷雨清洗午后市街时，她总是陷入毁灭的想象。高楼临窗，雾茫茫的大雨城市壅塞着车辆与奔窜的行人，那么喧嚣，却也千古荒凉。她倚窗看着，觉得一切都在漂浮，如枯木、草屑甚至是穿着花衬衫的尸身，摇摇荡荡，从她眼底流过。她嘴角的笑意慢慢漾开，仿佛毁灭也是应该的。

临近下班时间，电话与打印机的声音渐渐止息。有人关掉大灯，她习惯桌上那盏小台灯的柔和光线，一种容许她暂时停泊，跟白昼与黑夜都断绝关系的灯色。她摸出刀片，以女巫般虔诚的神情削铅笔，总有十来支，长长短短，一律削成高针状。她用玻璃罐收集木屑。每支铅笔颈部位置的商标符号包括HB、6B等字样均被她削掉，仿佛集体处了宫刑。

女人一生离不开刀，菜刀、刨刀、剪刀、指甲刀、修眉刀……她发觉自己削铅笔的手势像在削一尾垂老的青竹丝蛇，一竿被鸥鸟抛弃的船桅，有时也像削芦笋。她的女儿爱吃芦笋炒肉丝。女人持刀各有功法，最后还是把自己刨尽削完。

她的父亲开启她对刀的癖爱。

那是个南部小镇燠热的午后，榻榻米上，老式大同电风扇呼噜噜地吹着墙，她的母亲正在裁一件洋装，黑柄长刃剪刀以老练水手的姿态泅开一匹粉红碎花海洋，布尺像蛇挂在妈妈的脖子上，胸襟上别着两根针，线拖得好长。她愿意用一生来记忆那种小家小户清贫度日的燠热，以及母亲颈项上汗水的闪光。刚学会坐的弟弟在她身后酣睡，婴儿的乳味也掺入燠热的旋涡里，忽浓忽淡。母亲得意地告诉她，当年一起学裁缝的姑娘们不知换过多少把剪刀了，就她这把还是亮堂堂的，利得可以剪断三辈子冤仇。她用这把刀剪出小镇姑娘的春装冬袄，有时路上碰着了，还会翻正人家的领子，悄悄退两步觑那衣服。母亲的收入不比当公务员的父亲差，也乐得用剩布拼几件小衫、短裤给儿女穿，但坚持只做家居服，免得穿上街，坏了父亲的颜面。她知道母亲藏私房钱的位置，而且非常早熟地绝对不跟嗜赌的父亲提一个字。那把剪刀，像圣物般，被母亲呵护着，平常高高挂在墙壁上，不许她玩。她躺在榻榻米上睡觉，总会盯着看，院外的路灯光影晃悠悠地漫进来，在雪白的长刃上麋集，她看着看着睡沉了，梦见剪刀自己攀下来，咔嚓咔嚓爬到放剩布的篓子内找吃的，好像一个又饿又累的勤劳女人。

她们都没听到雷雨，那匹碎花布已经肢解成数片。她与母亲正在讨论要不要加一朵白色蝴蝶救一救这件碎花洋装？杂货店老板娘偷偷吩咐了，这是她女儿的相亲装。她从来没见过母亲用这么痴情的眼神凝视布片，又站起来退后几步，看了一会儿，喃喃自语，蝴蝶结太稚气，不如盘一朵白茶花，那么，小圆领要比荷叶领端庄娴淑，唉，这女孩是个好女孩，嫁得好就好，嫁不好平白糟蹋了。妈妈说。

父亲水淋淋地冲进来，满面怒容：死人了，没看到下雨吗？母亲恍然回到现实，冲到院子收衣服。这是头一回，她忘了给丈夫送伞，忘了烧饭。天色黑黝黝涌进来，淹没她所眷恋的燠热的幸福。她缩在墙角，因为惊惧而搓弄弟弟的脚，婴儿的哭声反而令她冷静起来，于是她看到母亲静默地捡拾被父亲扫落的布片、针线，一屋子全是父亲的怒声以及大同电扇的伴奏。她看到一语不发的母亲用绒布擦拭剪刀，站起，走向墙壁，突然在听到一句秽词之后，转身，剪刀朝父亲丢去。

她把木屑赶入玻璃罐，昨天才丢进去的香水球散出淡淡的薰衣草香。还有三十分钟才到这周的电话时间，够她仔细削好一袋芦笋。听女儿说新阿姨不削芦笋皮，她也管不了这么做会不会让人家生气。跟女儿约好在巷口的便利超商见，给了东西就走，女儿问，什么东西呀妈妈？她说：妈妈也没有什么好东西给你了，还不就是你要的铅笔屑，还不就是芦笋。

她站在全家超商门口看雨中夜景，觉得一切都是浮的，从一个年代到另一个年代，从这个女人到另一个女人。她想，待会儿回家问母亲，那么短的距离，当年为什么剪刀没有掷中父亲的身体。

发表于一九九三年七月

母 者

黄昏，西天一抹残霞，黑暗如蝙蝠出穴啮咬剩余的光，被尖齿断颈的天空喷出黑血颜色，枯干的夏季总有一股腥。

辽阔的相思林像是酷夏风季节涌动的黄云，中间一条石径，四周荒无人烟。此时，晚蝉乍鸣，千只万只，悲凄如寡妇，忽然收束，仿佛世间种种悲剧亦有终场，如我们企盼般。

木鱼与小磬引导一列队伍，近两百人都是互不相识的平民百姓，寻常布衣远从渔村、乡镇或都市不约而同汇聚在此。他们是人父、人子，更多是灰发人母，随着梵乐引导而虔诚称诵，三步一伏跪，从身语意之所生念四句忏悔文：有的用普通话，有的用闽南语，有人痴心地多念一遍。路面碎石如刀锋，几处凹洼仍积着雨水，相思丛林已被黑暗占据，仿佛有千条、万条野鬼在枝丫间摆荡、跳跃，嘲讽多情的晚蝉，讪笑这群匍匐的人们。

往前两里山腰有一简陋小寺，寺后岩缝流泉，据云在此苦修二十余载的老僧于圆寂前，曾加持这口活泉，愿它生生不息浇灌为恶疾所苦的人，愿一瓢冷泉安慰正在浴火的苍生。当她荷月而归，一袭黑长衫隐入相思林小径，是否曾回眸远眺山下的万家灯火？蝉声凄切，她的心与世间合流，她痛他们所痛的。那一夜，是否如此时，风不动，星月不动？

两里似两千里般漫长，身旁的她肃穆凝重，黑暗中很难辨识碎石散布的方位，几度让她颠踬不起。她合掌称诵、跪伏，我忽然听到她自作主张在最后一句忏悔文加上女儿的名字，听来像代她忏悔，又像一个平凡母亲因无力医治女儿疾病，自觉失责向苍天告罪！她牵袖抹去涕泪，继续合掌称诵、三步一跪拜，谨慎地压抑泣声，生怕惊扰他人祷告。她生平最怕舟车，途中四小时车程已呕吐两次，此时一张脸青白枯槁，身子仍在微微颤抖。我悄言问她：歇一会儿好吗？她抿紧嘴唇用力摇头，继续合掌称诵观世音，跪拜，噙泪念着"一切我今皆忏悔"。白发覆盖下凹陷的眼睛，如一口活泉。

若不是爱已医治不了所爱的，白发苍苍的老母亲，你何苦下跪！

然而，我只是倾听晚蝉悲歌，心无所求，因一切不可企求。独自从队伍中走出，坐在路边石头上。微风开始摇落相思花，三朵、五朵……沾着朝山徒众的衣背，也落在我头上。我捡拾泪珠般的小黄花，含在掌中。这列跪伏队伍肃穆且卑微，蝉歌与诵唱交鸣的声音令我冰冷，仿佛置身无涯雪地，观看一滴滴黑血流过。又有几朵相思花落了。

我的眼睛应该追寻天空的星月,还是跪伏的她?那枯瘦的身影有一股慑人的坚毅力量,超出血肉凡躯所能负荷的,令我不敢正视、不能再靠近。她不需我来扶持,她已凝练自己如一把闪耀寒光的剑。那么,飘落的相思花就当作有人从黑空中掉落的,拭剑之泪吧!

我甚至不能想象一个女人从什么时候开始拥有这股力量?仿佛吸纳恒星之阳刚与星月的柔芒,萃取狂风暴雨并且偷窃了闪电惊雷,逐年逐月在体内累积能量,终于萌发一片沃野。那浑圆青翠的山峦蕴藏丰沛的蜜奶,宽厚的河岸平原筑着一座温暖宫殿,等待孕育奇迹。她既然储存了能量,更必须依循能量所来源的那套大秩序,成为其运转的一支。她内在的沃野不隶属于任何人,也不被自己拥有,她已是日升月沉的一部分,秋霜冬雪的一部分,也是潮汐的一部分。她可以选择永远封锁沃野让能量逐渐衰竭,终于荒芜,或停栖于欲望的短暂欢愉,拒绝接受欲望背后那套大秩序的指挥要求她进行诱捕以启动沃野。选择封锁与拒绝,等同于独力抵抗大秩序的支配,她将无法从同性与异性族群取得有效力量以直接支援沉重的抵抗,她是宿命单兵,直到寻获足以转化孕育任务之事,慢慢垂下抵挡的手,安顿了一生。

然而,一旦有了爱,蝴蝶般的爱不断在她心内扇翅,就算躲藏于荒草丛仰望星空,亦能感受熠熠繁星朝她拉引,邀她，一起完成瑰丽的星系；就算掩耳于海洋中，亦被大涛赶回沙岸，要她去种植陆地故事，好让海洋永远有喧哗的理由。

蝴蝶的本能是吮吸花蜜，女人的爱亦有一种本能：采集所有美好事物引诱自己进入想象，从自身记忆煮茧抽丝并且偷摘他人经验之片段，想象繁殖成更丰饶的想象，织成一张华丽的密网。与其说情人的语汇支撑她进行想象，不如说是一种呼应亘古运转不息的大秩序暗示了她。现在，她忆起自己是日月星辰的一部分，山崩地裂的一部分，潮汐的一部分。想象带领她到达幸福巅峰接近了绝美，远超过现实世间所能实践的。她随着不可思议的温柔而回飞，企望成为永恒的一部分。她抚触自己的身体，仿佛看到整个宇宙已缩影在体内，她预先看见完美的秩序运作着内在沃野：河水高涨形成护河捍卫宫殿内的新王，无数异彩蝴蝶飞舞，装饰了绚烂的天空，而甘美的蜜奶已准备自山巅奔流而下……她决定开动沃野，全然不顾另一股令人战栗的声音询问：

"你愿意走上世间充满最多痛苦的那条路？"

"你愿意自断羽翼、套上脚镣，终其一生成为奴隶？"

"你愿意独立承担一切苦厄，做一个没有资格绝望的人？"

"你愿意舍身割肉，喂养一个可能遗弃你的人？"

"我愿意！"

"我愿意！"

"我愿意成为一个母亲！"她承诺。

那么，手中的相思花就当作来自遥远夜空，不知名星子赐下的一句安慰吧！柔软的花粒搓揉后散出淡薄香味，没有悲的气息，也不嗟哦，安慰只是安慰本身，就像人的眼泪最后只是眼泪，不控诉谁或懊悔什么。种种承诺，皆是火燎之路，承诺者并非不知，却视之如归。一个因承诺成为母亲而身陷火海的女人，必定看到芒草丛下蚊蝇盘绕的那口铜柜，上面有神的符箓："你做了第一次选择成为母亲，现在，我给你第二次选择也是最后一次。里头有遗忘的果子与一杯血酒，你饮后便能学会背叛，所有在你身上盘丝的苦厄将消灭，你重新恢复完整的自己，如同从未孕育的处女。"

她会打开吗？我仰问众星，她会打开吗？是的，她曾经想要打开。

多年前，当我仍是懵懂的中学生寄宿亲戚家，介绍所老板带一位从南部来的女人，应征女佣。约莫三十岁，像一根瘦笋，背着布包及装拉杂什物的白兰洗衣粉塑料袋。她留给我的第一印象不算好，过于拘谨，仿佛惧怕什么以致表情僵硬。她留下来了，很熟稔地进厨房，出于一种本能，无须指点即能在陌生家庭找到扫把、洗衣粉、菜刀砧板的位置。我不知道她的来历也缺乏兴趣探问，只强迫自己接受一张不会笑的脸将与我同睡一房。然而次日，我开始发现她的注意力放在那部黑色转盘电话上，闷闷地撕着四季豆，"啪哒"一折，丢入菜篓。黄昏快来了，肚子饿的时刻。我告诉她可以用电话，她腼腆地摇头，继续折豆子。然后，隔房的我听到拨动转盘的声音，很多数字，漫长地转动，像绞肉机，但是没听到讲话声，静默的时间不像没人接，她挂断。厨房传来锅铲声。

当天深夜，也许凌晨了，我起来如厕，发现隔着屏风的那张床空了。我蹑手蹑脚在黑暗中搜寻，有一种窥伺的紧张感。最后从半掩着门的孩子房瞥见她的背影。三岁与六岁的表弟同睡双人床上，像所有白天顽皮的男童到了夜间乖巧地酣睡。她坐在椅子上低声啜泣，因压抑而双肩抖动，没发觉躲在门后的我。她轻轻抚摸孩子的脚，虚虚实实怕惊醒他。我从未在黑暗中隔着一步之遥窥伺一个陌生女人的内心，也许我的母亲曾用同样手势在夜里抚摸我，只是我从不知道。当她忘情地搂着表弟的一只脚，埋头亲吻他的脚板，我的心仿佛被匕首刺穿，超越经验与年龄的一滴泪在眼眶打转，忽然明白她真正的身份不是女佣，是一个母亲，一个抛下孩子离家出走的母亲！沉默的电话只为了听听孩子的声音。

"你虽然赐我第二次选择的机会，然而既已选择成为人间母者，在宇宙生息不灭的秩序面前，我身我心皆是圣坛上的牲礼，忠实于第一次的选择，如武士以圣战为荣耀，不管世人将视我如草芥奴隶，嘲讽我是愚痴的女人。啊！神，请收回你的铜柜，看在我孩子的面上！"

第三天，她辞职。

众星沉默。朝拜的人群已消失踪影，远处传来梵音，轻轻敲打夜空以及夜空之外，更辽阔的夜空。山，似乎在梵唱中吟哦起来，眼前的碎石被月光照软了，看来像一匹无限延伸的白绢。我垂目静坐，亦能照见绢上布满使徒的足印，以身以口以意，以一切为人的尊严。若这绢上直竖刀林，那足印便有血迹；若是火炷，便有燎泡。

清凉的晚风，我是如此懦弱从人群中脱逃，你可愿意代我吹熄她身上的火燎。

她始终不是逃兵，从守寡的那天起，为自己的选择奋战，像萧萧易水畔的荆轲。

啊！路过的风，你吹拂原野，掠过城镇，当明了男人社会里的女人是无声的一群，而寡妇更是次等公民，除了是非多，账单更多。她具备钢铁般的意志又不减温婉善良，你不得不相信，蝴蝶与坦克可以并存于一个女人身上。然而，我们应该怎样理解命运？巨灾淬炼她成为生命战场上的悍将，还是她拥有至刚极柔的禀赋，便注定要不断揽接巨灾。她钟爱的女儿在豆蔻年华染上恶疾，从此变成外表年轻貌美而心智行为如同一头野兽。是的，倾听的风，童话故事中美女的爱使野兽破除诅咒恢复人形，但是，什么样的爱能使美女拔除窝藏在体内那头指挥她啃咬衣服、尖叫嘶喊、朝每个人脸上吐沫的野兽呢？如果以往那位娟秀温柔的美女仍有一丝清明，她会伏跪祈求世人赐她死，而野兽捂住她的口，野兽说："我要长命百岁！"吟哦的风，悲剧来自两难：老母亲以己饥度女儿之饥、已渴度女儿之渴，一日三餐，沐浴更衣，把她喂养得强壮有力，于是嘶喊更尖锐、唾沫更丰沛，殴击母亲的臂膀愈来愈像铁棍。你或许会怒号，何不让她断粮衰竭？人可能在生死决胜的战役中，苛虐战俘，视他人生命如草芥蝼蚁，这是战争罪恶之处，它逼迫人成为邪魔的俘虏。然而，人衷心向往恒常的共体和谐，不忍在盛筵桌上听到丐者喊饿，不忍轻裘华服自冻尸身旁走过。世间之所以有味，在于这众苦汇聚的道场中，视他人灾厄为己身灾厄，他人之苦为自己苦楚的一部分。何况母亲，她既在最初承诺成为人间母者，她的生命已服膺生生不息的规律，只有不断孕育生、赐予生、扶养生，而丧失断生、杀生的能力。不管她的孩子畸形弱智，被浇薄者视作瘟疫、遭社群遗弃，她仍会忠贞于生生不息的母者精神，让生命的光在孩子身上实践。

啊！窥伺的风，当她隔着纱窗搓洗衣服，看到窗内的女儿贞静美丽一如往昔，忍不住停下工作，打开门锁，进房拥抱女儿，却顿遭野兽般搥打时，你是否愿意透露第十年，还是二十年后的拥抱将会成真。届时，年逾中年的女儿会扎扎实实抱着瘦骨嶙峋的老母，说："妈妈，我好像做了噩梦！"

聆听的风，玉兰树与夜来香交替散发清香，你一定看到夜深人静时刻，体内的猛兽逐渐盹睡，美女拥有短暂的清醒时光，乖顺地让母亲搂着同眠。你听到苍老的声音问："记不记得小时候教你的童谣？陪妈妈唱好不好？"蝴蝶、蝴蝶生得真美丽，蝴蝶、蝴蝶生得真美丽……

啊，垂憨的风，你终于能理解，等待寂静之夜一只蝴蝶飞回来，是她全部的安慰了。如果有一天，她在生命尽头用最后一把力气带走女儿，你是否愿意吹拂她们坟前的青草，不怒斥她是背职的母亲？你愿意邀约无数异彩蝴蝶，装饰一对母女的歌声？当甜美的子夜，她们又唱起这首童谣。

梵音寂然，人籁止息，已近吹灯就寝时刻。此时众人围聚泉边，祈请佛泉。蝉，是天地间的禅者，悲悯永恒的空无。深夜听蝉，喜也放下，悲也放下。

然而，放下喜容易，放下悲，谈何容易。

那年盛夏，午蝉喧哗，一波波涌入充满药味的家属休息室。有的人很快移出，意味着同时有人自加护病房送普通病房；有的人迁入，表示某人刚送入对门的加护室。这间六坪大的休息室像一面镜子，清晰地看到人与人之间的牵绊。那对夫妇占去两张长椅，早上我刚来时，六十多岁的丈夫含着牙刷一面走一面刷，五十来岁操劳过度的太太正在叠被。家当、什物堆叠茶几上，她喊丈夫把被子塞到柜子上头，他才边走边刷，像所有嗓门很大、服从太太的老兵。他们看起来像房客了，毫无疑问，躺在加护病房的必是儿女。

我无意间知道是儿子，等公用电话时，她平静如常交代对方去买一套西装，报了尺寸，若西服店没有，殡仪馆应该有，立刻去买，要准备办了。她的卷发翻飞，衣裤皱得像霉干菜，趿着拖鞋进休息室，好像准备煮饭的妈妈打电话叫煤气行送一桶煤气而已。

近午时分，白衬衫、黑西装送来了，她抖开衬衫似乎不甚满意，戴上老花眼镜拆开袖子与腰身边线，穿针引线缝了起来。做母亲的最了解儿子身量，最后一套衣服更要体面才行，免得到冥府被讥为没人疼的，让做娘的没面子。课诵之蝉，我瞥见茶几上供奉一尊小小的观音像。她咬断线头，又穿新线，像寻常日子里对丈夫唠唠叨叨柴米油盐般说："我们不可以说他不孝，这样他到阴间就会被打。他才十九岁，也不是生病拖累我们，今天要死也不是他愿意的，哪里对不起我们？如果我们做他父母的，心里讲他不孝，那他就会被打，不孝子会被打你知不知道！"

午窗一边冷一边热，玻璃带雾。虔诚的蝉，在你们合诵的往生咒中，我仿佛看见十九岁的他晃悠悠地走进来，扶着墙问："阿母，衣服好了吗？"

啊，漂泊的风，一定有甘美的处所，我们可以靠岸，让负轭者卸下沉重之轭，恶疾皆有医治的秘方。我们不需要在火宅中乞求甘霖，也无须在漫飞的雪夜赶路，恳求太阳施舍一点温热。在那里，母者不必单独吃苦，孩子已被所有人放牧。

微风吹拂黑暗，夜即将翻过一页。

她从石径那头走来，像提着战戟的夜间武士，又像逆风而飞的蝴蝶。

掌中的相思花只剩最后一朵，随手放入她的衣袋。

黎明总会到来的，当作风给予的承诺。

发表于一九九二年十月

本文获第十五届时报文学奖散文首奖

二〇二〇年五月修订

辑三 火鹤红

某个夏天在后阳台

夏天剩最后一束尾巴时,她终于找到专属的私密空间。

"每个女人都该有一块私有地。"她想。

办公室乔迁接近两个月了,她仍然定不下来,心浮浮的,东飘西荡到处串门子,就是不肯落座——她的位置在大办公室最僻远的角落,是个死角格局,一抬头正好面壁,当然也面对那台严重哮喘的冷气机。"人生至此!"当她感到不耐时,常用一种油腔滑调的江湖派头挖苦自己,"连冷气机都会叫春!"

公司原先规划的各部门位置图不是这样的,若照原图,她带领的三人小组不仅拥有一扇看得到对栋人家晾晒衣裤的窗户,而且傍着三尺宽的走道,离接待室那张花枝招展、随时挑逗肉体欲望的大沙发只有两步路。瞧,这不是天堂是什么?坏就坏在大家都有眼睛,也正好都把眼睛盯着那块天堂美地看。于是，各部门主管明的暗的亮出尖牙利爪。这得怪她自己活该，以为良田在握便趁着搬迁之际休假，等她进办公室，她发现她那组的办公桌被挤到地狱边缘，照某位组员的说法，他们那区可以称得上是地狱的茅坑位，言谈中不无责怪她这位主管未替组员南征北讨之意。

像她这样的小主管，门把一样，只不过是大办公室生态圈里方便老板进出的小道具而已，门把有什么尊严？还不是听话地开开关关。

她从小没有自己的私有地，哪怕是一块榻榻米大的睡铺都无。乡下穷，每家都是大通铺，做女人的好像往胯下一拉就是一个小孩，扔到铺上；再一拉，又一个扔上来了。她是最后一个上铺的，哥哥姐姐们已经大手大脚地会在睡梦中合力将她挤到床角去。至今，整个悲惨童年仍不时在她身上显灵，她的坐相引人侧目，坐着坐着就龟缩成一团，怎么看都不是能担当重任的人。

"如果你有一千万，你想用来做什么呢？听众朋友，欢迎你打 call-in 专线，跟我们分享你的梦想……"深夜，一个无聊的谈话性节目问了一个无聊的问题，她盯着天花板，一只黑头蟑螂正蹑手蹑脚通过罹患"壁癌"最严重的区域——她的室友相信这栋房子是海砂屋加辐射钢筋，她同意，并且从此老是闻到类似大太阳下鱼塭埔传来的死鱼腥。最可恶的是，她们的房东还打算涨房租。一千万能做什么？在末世纪吞吐荡妇般的颓废气息又夹带一丝纯洁少女似的希望的节骨眼，一千万能做什么？她点上烟，朝那只孤独的蟑螂喷雾，帮午夜牛郎冲业绩，让他荣登排行榜榜首？还是换成一捆捆千元钞，跟情人在上面打滚？或者，开一家公司自己当老板，每张办公桌前都种几棵货真价实的莲雾树、番石榴、木瓜树……她的职员全是小孩子，果盘就是卷宗，上头堆着当日采收的水果，上班最重要的任务即是吃水果。她会给自己一间明亮宽敞的总经理办公室，跟客户洽谈生意，就坐在花团锦簇的杜鹃花丛下，脚伸入清澈凉爽的河流里，阳光洒在水面泛着碎金光芒。她跟客户签约时，随手抓起一条鱼朝合约书上吻一下就成了，鱼是她的公司印章……

次日，她一面在公交车上打呵欠一面痛斥昨晚那个无聊的梦，该戒掉听广播了，这种都会单身上班族的坏习惯。

或许吧，冥冥之中有个无所事事的神正好窥见她的梦境，一时大发慈悲，让她无意间发现办公室版图内一块荒废的领土——就像饥饿儿童在草丛里捡到卖饼人掉落的半块酥饼，哪怕是去年的也香。

那天，她到改装成储藏室的厨房找一箱资料，长期封箱的纸制品发出令人窒息的霉味、蟑螂屎味及从不刷牙的蠹鱼们的口臭。她受不了，正好看到挪动几口纸箱后露出的后门，毫不思索地想要开门透气，这真是乾坤挪移的瞬间，她至今仍意犹未尽地回味右手握住那副半脱落门把时那股沁凉的触感,侧身撞开卡住的木门后,第一眼看到对栋石栏边迎风摇曳的一枝早芒时,她的心整个被幸福紧紧抓住的情景。

是个后阳台,寻常人家用来洗衣服、晾晒衣裤、堆放扫把之类杂具的地方。这房子原是住家,后来改成办公室出租,内部隔间丝毫看不出柴米油盐的痕迹,后阳台倒还保留一些;晾衣绳上荡着几支生锈衣架,一柄严重掉发的棉纱拖把像殉职士兵搭在铁窗上,洗衣槽内还搁着洗衣板、刷子及脸盆。当然,像一般家庭一样,凡是养死了的盆景一律往后阳台送葬,因此木板上杵着几盆只剩一根棍棍儿的马拉巴栗树、栀子、葫芦竹之类的残骸,隔着防火巷跟对栋的芒草倾诉髑髅之地,连麻雀也不来的悲哀。

她欢喜起来,心情是复杂的,一方面两坪大的狭仄空间与童年被逼入床角的经验叠印,使她感到压迫——她花了好长时间才治愈上床睡觉仿佛停棺入殓的童年伤害;但另一方面,能在酱罐似的办公室找到私人领土,她的脑海立刻浮现一幅鸟语花香的风景,甚至恍惚听到瀑布飞泉的声音。

她对着不远处的芒草及半截灰蓝色天空说:这是我的!我的!我的!

第二天开始,组员们都知道老烟枪的她不必再周游列国到可以吸烟的主管办公室串门,或到附近三十五元一杯研磨咖啡店写企划案。她买了一只小板凳,膝头就是办公桌,在大太阳下流汗、抽烟、喝咖啡,构思促销活动案,她宁愿忍受没有冷气、计算机的不便，也不愿牺牲偶尔抬头望向远方、手指扒抓小腿的那份自由——跳蚤一向是后阳台的原住民。

办公室生涯似乎起了不小的变化，对她而言，后阳台好似灵魂停栖的枝头，她适应了跳蚤、蚊子的骚扰，那几盆枯树看来也分外亲切。有时，烈日烘烤下，她什么也不做，眼光飘向对栋，掩在芒丛之后是个露天阳台，晾一排衣物，标准的顶楼加盖景致。她从衣物窥伺那户人家的生活，一夫一妻吧，在寒碜的人生阶段蜗居于破旧顶楼，每天晒不同花色的衣服，每天过同样的日子。她没瞧见他们，大概都上班去了。当漫无目的盯着晾衣竿上一件件驯服的衬衫、内裤看时，忽然感到心头沉重，她仿佛从衣服上看到一个个裸裎者的全部生活，卑微且无味。她因而想到他们此刻或许也在别处办公室的后阳台窥伺别人的生活，如同有人说不定正打开办公室后窗从她晾晒的丝袜、裤裙推测她的赤裸一样。她第一次发现自己的生命如此苍白。

对同事而言，后阳台似乎是个魔域，他们感受到她的转变，沉默、心不在焉、懒得搭理人，连中午时间也一个人窝在那儿啃便当、挖木瓜肉吃，然后在花盆内四处甩籽。不利于她的言语开始散播，很快，老板约谈，希望她说明："老是不在位子上，让同事沦为她的接电话秘书是怎么回事？"她一径沉默，末了，说了一句仿佛是另一个人要她说的话："我想辞职。"

新来的组长强悍多了，几乎花一个月的时间进行内部公关，让其他部门感同身受：他们这组窝在死角里，对彼此需要密切交流而言是很不方便、极不方便、超级不方便的事。为了提升效率，老板同意将原来的接待室辟为他们的领土，从此，幸运的人只要抬头就可以看到对面大楼某户人家晾晒的衣物，如果，那扇窗恰好开着的话。

原先那张花枝招展的沙发，只好往储藏室送葬，两个男人扛去，费了劲才在乱七八糟的纸箱中挪出空位安葬了事。其中一个趁机摸鱼，歪在沙发上小眯，另一个开门往后阳台躲，说：抽根烟，累死了。

当他看到对栋石栏边几枝迎风飘摇的五节芒时，他的心仿佛松软的土壤里蚯蚓钻动，才惊觉秋天的确渐凉。就在点烟的当口，更惊讶花盆里冒着一株株木瓜苗，三爪叶片绿得天真活泼，他忽然感到莫名的熟稔，一个欢乐的年代，不知什么时候掉落的年代，他怎么也想不起来，在这微凉的秋日下午。

没有人关心辞职后她到哪儿去了，同样，也没有人注意到后阳台有了新主人。不久，冬天像往年一样，带着冷锋降临。

发表于一九九六年三月

咖啡小馆里的狼

无人的时空,她是另一个她。

世界透明着,看别人或自己分外清晰,血管里血液流动的速度,或几年前不小心粘在胃壁的一粒果籽都看得见似的。她觉得自己与任何人失去关系,只是好奇地趴在世界的门墙外窥伺,像一匹蛮荒世纪的野狼。

进入一家咖啡小馆,选择靠窗的双人桌,狼把那件人模人样的影子搭在空椅上。叫一杯"神圣的毒液",Espresso咖啡。

下午六点,恐怖的东区大道,她刚才踅来时与落日擦肩而过,繁华与虚幻在交叠后浮出一股欢场味,末世纪情调的台北落日。下班车潮,刮破行人的耳朵。她独自欣赏落日,发现它与自己一样是异变中的游魂,不在回家吃晚饭的名单上的。

所以,她看见巷子里亮着蓝色招牌的咖啡小馆时,立刻决定取消今晚的喜宴,做个失踪的人。虽然,宴客地点就在眼前。"失踪的自由"，像藏在狼毛里远古时代的几粒烫砂，于潮湿多雨的都市闷了几年，渐渐活了，有它自己的思想，变成虱子，在烟尘弥漫的繁华大道上、飘着月光的春夜，或不关心开往何处的异地火车里，搔痛她的心，搔出狼的原形。狼是不需向任何人类交代行踪与思想的。

靠窗，铺着深蓝方巾与白布的咖啡桌上，冰冻着什么。她扭开那盏镶花彩绘玻璃的小台灯，才发现昏黄灯光流出了暧昧的蓝色忧伤。狼觉得很好笑。此时，窗外站着一对男女，狼马上看出他们摩登衣饰的口袋里，藏有绯色秘闻。似乎有了小争执，碎冰块的那种。狼趴在窗口嗅，他们的恋情带了很浓的办公室味道。也许，为了永远得不出结论的、要不要把自己的名字从"回家睡觉的名单"上剔除而站在巷口继续开会吧！狼就是因为想到缠在人身上那些粗的、细的绳索才笑出来的。

现在，狼带着无所事事的悠闲，朝窗外的他们吹一口气："进来歇歇吧，你们需要啜饮'神圣的毒液'，把人模人样的影子搭在椅背上，从狼的世界看人的问题。"

狼在午夜十二点离开咖啡小馆。它是今晚唯一的客人。

发表于一九九二年一月

亲吻地板

她被升为公关部经理那天,唯一的庆祝方式是,回家用"爱地洁"擦地板。

只开鱼眼灯,地板昨天扫的,她提一桶水,里头掺翡翠绿的清洁液,跪在地上,从客厅大门一直往内擦拭。她有一套相当严谨的持家技术,所有家电用具与日常消费品的说明书都经过详细分类归在档案夹里。比如在医药类,可以找到枇杷膏与综合维生素的正确服法;清洁类,会看到厨房魔术灵与玻璃稳洁的使用说明。她酷爱保留说明书并非用来指导生活,相反地,基于嘲讽,看看那些蠢蛋怎么"说明"日常生活,她视之为形上层次的俘虏。昏黄的灯光照在洁净的花纹大理石地砖上,闪着琥珀般的碎光,武满彻的《秋意》中提琴协奏曲正在流动,仿佛从大理石缝涌出的甘味。这就是不愿请钟点女佣的原因,谁也不能剥夺她跪伏在地板上慢慢擦拭的幸福感,再者,她怀疑对方比她的地板还脏。

她认为公关是最简单也最让她厌倦的事，不过是见人说人话、见鬼说鬼话以便达到佛来佛斩、魔来魔斩的地步。今天下午，她对电话采访的记者这么说，因为嗅到对方前五句话中隐藏了对"公关"的质疑与敌意，她给了她想要的答案，只用三分钟谈公事，另外五分钟换她提问，听对方倾诉工作困境及私人生活，最后一分钟提供几个名单，让她丰富采访。然而，正在撰写中的《公关新手补给站》一书，开宗明义第一句，她写着：我热爱公关甚于自己。

她舍得花钱招待朋友上高级餐厅，但从不邀请任何人到她的单身楼中楼。她提供的讯息是未婚与家人同住，就像今天告诉同事必须回家接受家人庆祝一般。她是善谈、外向、活跃、积极的，正如她强迫植入自己脑中的那套记忆所表现的那样，经由他人认定、折射回来后更加强那套记忆的完整性与牢固。

然而没有人知道，她宁愿在夜深人静之时独自亲吻地板，也不愿开口讲一句话。

发表于一九九二年四月

水 牢
——留言，证明了距离

她被幽禁在水里，行人在水面上走着，敲出清脆的瞪音，像玻璃珠落在玻璃地面。

水以恶意姿势流动，忽左忽右，她根本无法站直，一会儿打横一会儿倒立，不断踢出波浪与水泡。她听到讪笑的泡泡发出"剥剥"的破音，好像朝她噘嘴，打着空吻。陌生路人悠哉地漫步，遛狗的遇见提鸟笼的，闲聊几句。那鸟在笼里吱喳、跳跃；狗儿晃动小尾巴，忽然低头，看见她求救的表情，惊恐地吠起来，绕着主人磨蹭，吠声高亢。她心想，终于有人发现了吧！那人抱起小狗，脸偎着狗脸亲昵，一只大鞋踩住她的视线，走了。她明白人看不见柏油马路其实是水的表皮肤，而瞧见她的又是无法开口的动物。可是她仍然不死心，等待地面世界的自己前来援救。终于来了，一模一样的装扮，只不过一个干的，一个湿淋淋。她也朝地面看，水底的她非常确信地面的她绝对发现了，四目凝视，一双是干燥的漠然，另一双见了亲人遂温润有泪。水底的指了指地面的脚，要她站着不动，让她的双手奋力伸出水面，紧抓着脚脖子，就可以全身破水而出。她已做好准备，在水中把身体稳直，正要伸手，地面的自己狠狠跺脚，扬长而去！她被这阵突然的震动打翻了平衡，像一条昏厥的鱼在水中滚出鱼肚，无止境地漂流⋯⋯

她跌下床，撞破一个噩梦。脸上犹有汗珠泪痕，仿佛真的刚从水牢出来。全世界还在打鼾，夜看来像水鬼的袍子。她摸了摸床，确信不是水狱才敢躺回去。清醒中，又不确定躺在床上的，是地面的那个，还是水底的？

天亮后一切恢复正常，她依照行程出门办事，打开电话录音机留话："您好，我是××，很抱歉现在不在家。麻烦您听到讯号声后，留下大名及电话号码，我会尽快与您联络。再见！"

在街头行走，她忽然不确定出门时是否按下答话键，遂打公共电话回家确认，响铃后，机器开动，放出听来很陌生的女音："您好，我是××⋯⋯麻烦您听到讯号声后，留下大名及电话号码，我会尽快与您联络。再见！"

她毛骨悚然，刹那间像一个遗失所有身份证件的人面对盘问张口结舌，不知道自己是谁。离开旧名字的捆绑，又拿不出新名字跟旧名字讲话。彼此是什么关系？邻居吗？情人吗？姐妹吗？拨错电话的陌生人吗？她清楚留话者的生辰八字，可是此刻在命宫之外。电话发出"嘀"的讯号，沉默地准备记录一切回答。她必须给出回答！她听到从喉咙发出一个声音回答："是我！水底的那个！"

发表于一九九一年一月

孪体

你掏出钥匙开门进去,将黑外套挂在玄关衣架上,塞满文件的公文包搁在一旁。"嘿,我来了!"连喊数声,无人回答。

客厅的靛蓝色窗帘被拉上,最后一抹橘色霞光穿过缝隙照亮翡翠绿沙发,也照在她熟睡的身子上。她一身红,拥着水红椅垫,不细看,很难发现。你知道她一定在,你不来,她出不了门。"你来了!"她从背后拥抱,像你一般瘦骨头,连胸前三颗痣的分布图也一样。"倒杯酒,快去!"被城市生活折腾得万分疲惫的你,只有到小套房来才感到释放。

她被你捡到时像只病猫,不知受了什么惊吓一直发抖,你丢垃圾时听到哭声才发现缩在电线杆后的她。你答应找个温暖的小屋。靛蓝色让她觉得自己是深洋的一尾红鱼可以裸游,翡翠绿是孤独花园。你照她的意思装潢,连床也绿,还挂上复制的米罗画作《两个女人》(*Two Women*),"多像我们,没人找得到！"那天，她像儿童般手舞足蹈，吻你，要永远永远一起活。"还要一只白文鸟，"她说，"羽毛变灰时，就知道有人快回来了。""为什么？""外头的世界全是灰尘！"你们约定每月见一次面，彼此可以拥有恋人及个性。现在，斜躺在沙发上啜饮红酒，黑夜如一名魔术师在忧郁的你与热情的她之间狂舞，白文鸟跃上肩头啄你的黑衣、她的红衣，暗示裸裎的时刻到了。褪下衣服，换上对方的。她走到玄关，披上黑外套提起公文包，"等我回来！"她吻别。你听到锁门的声音。

你窝在沙发上观赏黑夜融解小套房所发出的光屑，感到自己逐渐消失的快感。白文鸟依旧栖在这个城市某栋建筑顶楼的电视天线上，如同你栖在她的脑海里。

发表于一九九二年一月

宾 馆

她喜欢外宿，不知从什么时候开始。

说不定跟天气有关。她躺在床上，曲臂当枕，盯着梳妆镜内那幅丑陋的水彩花卉看，画挂在床头上方，镜子的高度够吃下那幅画，吃不到摊在床上的人。她从这个角度看镜子与墙壁与画交映出来的空间，觉得有趣，好像她不存在，是个虚幻的，却又看得见。她伸出手，镜子也伸出手，无意义地抓了抓，又换成托住虚空的手势，镜子照抄。说不定跟天气无关，她想。

凡是提供离家者暂时投宿、一种需付费的建筑物均可称作旅店，依其沿革又可分为：客栈、旅社、旅馆、宾馆、饭店……她试着找出自己的位置，思绪漫散像闹水灾，唯一醒着的那条神经好比浮草。"那么，我现在在宾馆喽！"她攫住这两个字，漫漶的思绪拢了，那根浮草吮吸雨水渐渐有了重量，往下沉：宾馆，旅店科，情侣属，休息种，以小时为计费单位的。

然而她只有一个人上宾馆,午餐时间或回避下班交通高锋期或突然兴起的念头。刚开始,服务台小姐诧异地打量着,她挑破对方的疑虑:"你看我像要找地方自杀的人吗?"她善于说服别人去相信她所导引的结论,对方从结论中认定她是什么而不再怀疑。

每家宾馆的格局差不多,一张大双人床,宽幅够一对情侣在上面做激烈的翻滚。而她只是静静裸裎躺着,不开灯不放电视,连毛毯也不掀,让时间慢慢流光,有时再续一小时。她喜欢恢复那种状态,不隶属于任何存有,包括她独居的有门牌号码的家,包括这具裸裎的躯壳。

当宾馆小姐视她为熟客,送她九折优待会员卡时,她换了另一家宾馆。

发表于一九九二年九月

当 年 旧 巷

晚春时节，那棵木棉还在，残花被行人的脚步分尸了，仍看得出烈士颜色；过阵子，荚果会爆，棉絮撒成一道淡雾。她欢喜这树，兼蓄壮烈与婉柔，壮的时候轰轰烈烈摔成一个死字，柔起来清清淡淡，好似无话可说。

要不是木棉还在，说不定认不出这街口。二十年前同样地点，棉被店、修理机车的霸了两旁，巷口一对老兵夫妇卖担仔面。附近常年飘着一股破落味儿，麇集一群老人、离乡少年或流浪汉，只有二楼靠马路那间房间繁殖青春气息。她与他租屋同居，十九岁，像两个初次夜猎的酋长之子，手中各擒一把火焰，腰系短刀。

他们很穷，五坪大房间就两张桌椅、塑胶衣橱、单人床及一把插电式水壶。他说总有一天会有五十坪带前后院，种二十棵木棉，既然你们女人喜欢！什么"你们"？你要娶几个老婆，说！她掐他脖子咬他肩头，呜呜哭了起来，受不得一点委屈。她以为爱就是完完整整独霸，像胃部里一颗不敲壳的核桃，用一辈子消化。

寒冬早晨，她用电壶壶嘴冒出的热气融化凝固的奶油，一小匙一小匙抹六片吐司，做早餐给他吃，穷得很满足。她甚至想，一棵木棉的棉絮够不够缝两个枕头？然而她总觉得不安，有一回吃水煮花生，她说比赛谁记得多电话号码，背一个取一粒，他全说了，她全记住，用来追查无法掌握行踪的每个晚上。

那么，应该是木棉花坠的时节，争吵之后，她说：让我做一件事。他答应。她骑坐在他身上，捏一片双刃剃刀，盛一碗水，专神地替他刮胡，胡楂在碗中或沉或浮，少了什么，她知道只要垂直使力，那碗清水会变成红色圣液。她煞手，催他出门，她知道初恋就这么毁了。

如今变成新兴商业街，木棉矮了。她忆起二十年前的旧情，仿佛三十九岁母亲偷看十九岁女儿的日记，分辨不出那嘴角的笑意是宽恕，还是羡慕。

发表于一九九二年十二月

空 篮 子

她老是梦到丢东西。

确实地说,不是现实生活中拥有的东西在梦里遗失,是当夜梦里拥有的却立即在意外情节中丢了。

"见鬼!"她一面煮早餐咖啡一面嘀咕,甚至突然跑进盥洗室对镜中的自己说,"你干脆把我丢掉算了,我会感激你。"口气像对情人抱怨。

又来了,昨晚。梦见自己提一只很大的藤编提篮,藤的色泽非常雪亮。装的全是发光的宝石别针,有一支长得很像勋章菊,其余的因参差交叠无法辨识形貌。看来都是她的收藏,满满一篮。

她似乎在赶路,赶火车或轮船,仿佛要到遥远地方。她着急地提着篮子从人群中逆向穿过,由于只有她往反方向走,篮里的别针被某名陌生女人碰掉了几个。她弯腰捡,赫然发现路上铺满各式各样的别针,不知谁的。她精确地捡起自己的，虽然混杂其中，亦能辨认自己的别针异于其他。正要走，忽然窜出一名女人拦着她，责备她侵占。此时，刚才碰她篮子的陌生女人亦堵过来，邪邪地笑着。她同时明白两件事：铺在路上的别针是那名女人的，而邪笑的女人碰她的篮子是一桩预谋。

她看了看脚下大大小小的别针，都是粗糙玩意儿。她向她解释："我的别针跟你的不一样。"她们二人反问："你如何证明那是你的？"

她在梦中被问倒，怎么去证明原本不需证明的？她明知道两名女人恶意刁难，可是，显然无法以强有力的证据道破她们的恶意，而对方可以严辞相逼，诘问她的清白。

梦中，她高高举起提篮，像泼水一样，别针悉数掉到地上。她诡异地笑着："喏！都是你的了！"

她提着空篮子，消失在梦中。

发表于一九九二年一月

梦 魇

天色像老年人的病脸，铅灰着。隔墙窜出五六枝不知名的枝丫，各竖一盏尖灯泡形的黄花，鲜黄得刺眼。离天亮还有一小段路。

她又梦魇了，才醒来。眼光呆滞，死盯着黄花看，脑子像和了树脂与水的石膏糊，水汪汪地又泥泥巴巴，没匀的部分开始变硬。不确定自己身在何处，或者说，不确定还有个自己。黄花高高低低的没什么意义，铅块天空看来也是故障的。她怔忡好久，脑里几根银丝般的触须开始动，企图挣脱，然后那条蛇也动了，盘成一坨伪装成石膏糊的大白蛇迅速压住那几根触须。现在，一切暗了，眼皮垂下，人仿佛仍在被蛇追杀的梦中。

远处传来鸟叫，隔着潜潜然的雨幕，忽东忽西，像悬浮在空中无数只耳朵，窃听她的心底秘密。她虚弱至极，遂幻想一群红羽的、蓝翅的、黑翼的鸟一齐飞入她的脑子，用尖啄啄蛇……这样想似乎没用，她仍然感到那条整夜折磨她的大虫此刻盘得安安稳稳，发出均匀气息，享受胜利者的睡眠。

那件事发生时，她正趴在母亲怀里安睡，当她被尖锐的争吵声惊醒，迷迷糊糊张开幼儿的眼睛，她首先看到从天花板悬吊而下的昏黄灯泡大幅度摆荡着，把乌沉沉的夜荡得像无数麋集的黑苍蝇。她揪住母亲的衣领企图挣脱怀抱却不知该往上或往下，母亲强壮的手臂从她背后斜斜勒紧，使她的头完全背对现场，然而母亲一个错误的转身，她毫无抵御地看到那个男人从笼子里抓出一条长蛇，愤怒地朝她们鞭打，她的小脸首当其冲吃到第一鞭。然而，也只是蜷曲且濡湿的一鞭而已。

生命中曾经发生的五秒钟事件可能需要五十年才能洗净。她决定今天要洗个彻底。跨入一家老字号蛇店，她对那个年迈的男人说："爸，教我剥蛇！"

发表于一九九二年十月

腐 橘

她忽然闻到橘子腐烂的气味，一缕缕地，像悠游空中的小青蛇，窜入她的鼻孔，用力呼吸，又没了。她的眼睛扫视客厅，摆着电视音响的长几上的确有一只大铜盘，倒趴着一排香蕉及几个露出褐色汗毛的奇异果，今早女佣摆上的，新鲜得很无邪，不可能窝藏腐橘；再说，上一次吃橘子是个把月前的事了，她记得很清楚，这阵子感冒不买橘。她有点不悦，莫名其妙的腐橘之味质疑了她的记忆力，也中断正在思索的往日时光。

阳光从窗口泼进来，忽隐忽现。她坐在躺椅上好一会儿，摊在膝上的精装大相簿依照时间秩序收录过去，照片旁还贴着说明条，每一个往日片段都规规矩矩地被定位、被诠释。而现在，相簿翻到二十年前那一页，十五岁，她反复寻思，企望借着照片，让个别的记忆单位相互碰撞，看能不能钩沉一段关于露营的回忆来。

昨天，会议后的晚宴中，对方公司那位男主管坐她旁边，彬彬有礼的餐桌会话后，忽然擒起酒杯低声说："我一直很抱歉，二十年前那次露营我不应该对你做出……"她的胃一阵抽动，反射式地问："什么事？"他迟疑着，眼光游移，神色尴尬，很快恢复用餐礼仪："敬你！"很快跳入其他人的话题。酒喝多了，失态，她想。

她确定二十年前不可能与他发生令他抱憾至今之事。露营，十五岁露过多次营，有照片为证，烛光晚会唱惜别歌之类的，她不认识他。

又来了，腐橘的气味，像一窝小青蛇盘绕在周围的空气中。她生气了，合上相簿，拉开沙发、长几、盆树，就在电视音响线路交缠的地上，看到一粒软趴趴长满绿霉的橘子！她愤怒喊叫女佣来清扫时，忽然脑中窜出鲜活画面：有一年，她扑杀自己的记忆后，正在焚烧某次露营的照片及那一身沾泥的衣服。而烟是绿的。

发表于一九九二年三月

自 画 像

枯坐画室第五天了,她虚弱地睁开布满血丝的眼睛,依旧看见雪白的画布上不断闪过一幅幅人像:花旗袍戴珍珠项链的富态少奶奶、握烟斗露出怀表链的老绅士,侧坐的,半身站立的,交叠在画布上,仿佛一群雍容华贵的贵族在她面前聚餐。

她闭眼,回想那个梦境:一条白色小路向前蜿蜒,看来像狂雪之夜独行的银蟒,散发一股高贵的冷;路的尾端矗立半幢倾圮的小屋,久经飞沙傲雪袭击,外墙斑驳灰白,然而有一扇不易辨识的窗,隐约流出微弱的灯光。

七年前,一位陌生中年男子来到她的画室——由废弃仓库改装成的住家兼工作室。他诚恳地说,在新人联展中看到她的作品,认为她是唯一人选。

梦境中,屋后迤逦一片暗红火海,纠缠着、咆哮着,浓烟往上冒又回吞烈焰,仿佛巨兽在毁灭前格斗。天空由墨黑而渐次黛青，终于在烟波蓝的高空勾出一弯白月。

她接受丰厚的订金，从此专心为企业家高级俱乐部的二十八个会员画画像。她个别与他们生活三个月，聆听他们的奋斗史，捕捉最动人的神情，掌握性格。她准备画谁，谁的声音、影像、姿态便全部占满她的脑海。他们惊叹她的技术，报酬愈来愈高。她搬到高级住宅区，拥有宽敞的画室，并常常跟随他们出席各种社交场合。

然而遥远的高空被画面前端的一盏路灯遮去一半，灯杆朽坏，底座浮凸，杆顶呈弧形弯曲，灯早就破灭，那道弧弯底下，悬着一只黑魆魆的死猫。雪夜中，猫眼射出冷冷黄光。

第七年，那位中年男子也有了老态，签出最后一张支票，温煦地告诉她："这笔钱足够让你重新开始，请你宽宥一个父亲的苦心，我儿子的绘画才华不如你，所以我必须买断你的时间！"

枯坐画室第十天，她仍旧画不出梦境。当人们发现她像对待一只猫般把自己吊死时，没有人了解，她内心的画终于下笔了。

发表于一九九二年八月

温 泉 乡 的 歌 手

玻璃窗敞开着,风吹来尘沙,拍动百叶窗帘与办公桌上零乱的文件。她抬头,看见都市的夜晚,具备跑江湖艺人般狐媚活力的夜每日凌迟她的感官。窗台上那盆人面竹枯得不带感情,竹叶卷成长针,像要戳破谎言。靠墙站着,那一排祝贺康复的花篮纷纷凋落了,她按时吃药、做化学治疗。

出院后,她开始眷恋尘世的气味,以深情且无所欲求的心一点一滴补缀跟自己有关的事物。所以,当传真机吐出一张短笺时,她立刻决定温泉乡之旅,就是今晚,永远不要等待明天。

"想来就来,我都在。"仍是老句子。对不断流徙的歌手而言,这种允诺太空洞了,但她相信她是以诚挚的心呼唤她而不是歌手的喉咙。其实,这句话是她先说的。多年前,长久失去音讯后的某一个秋天,歌手突然在她面前出现,眼眶内藏着沧桑与一无所有的寒碜。

她开车带她到郊外,歌手蹲在山头面向五节芒掩映的繁华城市，自顾自哭泣。她站在背后像个傻子替她翻好衣领、拍拍灰尘，嗫嚅着："我……我都在！"话没说全，可她知道歌手听懂了，不管邂逅于异地小镇或在陌生酒馆演唱老式情歌，这话像银光闪灿的河面上的一条蚕丝，没人看得见，但她们懂。

歌手教她唱英文歌，少女时代，她们翻过土丘坐在河岸唱，歌手说没听过这么破的英文跟嗓子，干脆泡水算了。许是猫爪似夏日阳光与蝶姜花的诱引，她们谈论身体的秘密，忽然歌手提议互看，她直嚷着不要，往岸上爬；歌手拉下她，一秒钟就好嘛！她们被莫名的兴奋与好奇驱使，眼睛盯着对方，笑得既紧张又期待。她们只露出脖子，在水里解扣，喊到三，一起站起来拉开上衣……阳光下无瑕的少女身体映入彼此心里，在记忆中永恒。多少年来，通过她们身体的男人，恐怕没有这种悸动吧！

客人冷清，她坐在钢琴边旋转高椅上唱完最后一句，掌声稀疏。歌手看见她进来，低头向琴师说话，然后对着麦克风，用历尽风霜的嗓子说："我想念老朋友，第一个看过我身体的人，请你永远不要离开我。"坐在底下的她不知道歌声怎么开始的，却清清楚楚听懂带着沧桑之美的爵士歌手，慵懒地唱着：

It's easy to remember, but so hard to forget.

发表于一九九二年十二月

戏 票

她从"国家剧院"出来，沿着信义路漫步时，夜雨嘤嘤地垂泣。有点想舞，像刚才的芭蕾舞者一样，尽兴舞出人生的悲郁与欢情，于淋漓的跳跃与旋转中，消融肉体，留下轻盈的幻影，在青纱般的灯光中蛊惑众人的眼睛。

冬雨夜街，似乎只有她一人，忘了带伞与外套，脸像刚从冷冻库捧出来般，她喜爱这种感觉，与世界相忘于江湖。她开始感谢那人爽约，如果他也来，散场后必定各自回家，无法独自品味空荡荡的夜街了。

年轻的士兵在小镇度假，邂逅了活泼的少女，热切追求与缠绵之后，士兵挥别，动了真情的少女依依难舍，拾起他无意中掉落的一顶红帽，揣在怀中，兀自依偎。

她看到这幕时，泪沿颊而落。次日，士兵会再去买一顶新的红帽吧，而少女会将红帽视为信物戴着直到变成他人的新妇吧！那时，她旁边的座位仍然空着，中间休息时她打了电话到他家，他接的，她不发一语挂了，确定他之所以爽约是因为完全忘掉这件事。

对完全忘记约会的人，她无法生出怨言或斥责，因她尊重每个人都有逃避或刻意遗忘或根本遗忘约会的权利。她习惯保持缄默，一个人漫游于雨中，看凄白的街灯将冬夜玩得如幻如梦，像通往冥府的甬道一般。她甚至觉得那出芭蕾的续集此刻正在上演，而她不会捡拾任何一顶掉落在她面前的红帽。

次日，他打电话致歉，说临时有个会开到很晚根本无法抽身，能原谅一次吗？

她一面撕着为他买的戏票，一面娇嗔地说："我也要抱歉，我们太有默契了，我也忘了这件事呢！"

发表于一九九二年二月

演 员

有些梦来自比潜意识更深层之处，无法指陈甚至跟自己不相干。仿佛古老朝代某名失意女子的心结，继续在时空的旋涡中飘浮，旧朝泯灭，女体亦灰飞了，但这心结有了自己的意见与存在的坚持。它不需要任何一处潮湿的心窝来孵育，相反地，它以萍水相逢的方式对不相识的人倾诉它的故事。你甚至不忍心称之为噩梦，因为，它如此真诚地说出了悲情。

她梦见自己是个男演员，一出诗剧，大约是流浪与追寻的主题。圆形大舞台，以黑布幕隔为数区，同时上演数出戏，不同演员、剧情，但相安无事。观众席无座椅，呈圆形动线，允许任意走动，从悲剧滑到喜剧甚至可以上台当临时演员，摇旗呐喊一番或当某一幕丧礼的掘墓人。没有人能预测底下的观众拼贴了哪些故事，他走出戏院时是落泪还是傻笑？由于共享一圆形后台，各组戏工与演员杂处，各凭本领寻找后台、舞台、观众席这三个套拢的圆形空间的戏剧线，也因此，正戏之外添了轶文。

她是男人，怀抱弦琴，徘徊在夜色中一灯孤悬的小客栈门口，唱："给我一个名字，喂这把喑哑的弦琴吧！你的名字像四月的蔷薇还是九月的江水……"突然，一名伤兵跌撞而来，她心想，怎么回事？那伤兵未察觉错误，径自执她的手倾诉南北转战饱尝思念之苦，如今命在旦夕溯江而回要与爱妻一晤。她心想，你这蠢材闯错戏了还不知道，你何不现在就死了算！但戏得演啊！她干脆即兴创作进入他的戏文，以哀凄神情摘下那顶破呢帽披散长发，叙述自己女扮男身流浪江海为的就是寻觅你，瞧，这把弦琴是你临别时赠的……换伤兵惊愕了，他现在醒了，知道闯戏了，居然起身大踏步张望，慌张地说：怎么回事？不是你！对不起。随即小跑步入后台。她踉跄跌坐，一手挂着琴，俯首良久，缓缓抬头，吟诵："为什么我的名字像四月蔷薇，为何所有的故事如九月江水……"

没有人看出，她正演着自己。

发表于一九九二年十二月

忧 郁 猎 人

"他会来吗？算了，谁管他来不来？"

他望着窗外，冬日湖边枫木凋零。绕湖的鹅卵石步道上，一名老人挂杖来回行走健康之路，沾泥运动鞋脱在起点，他看起来像一遍又一遍跟鞋子告别。天空是麇集一万只老鼠般的颜色，地面则是阉割一万只鹅铺成的卵石步道，不，是人的，他想。然后坐在他面前的她眨着忧郁的眼睛问："你想，他会来吗？"

度假旅店咖啡厅只有他和她，爱尔兰歌手恩雅正在吟唱——*On Your Shore*，他不知道她的心靠在谁的岸边？而她不断把玩他的打火机，擦火、吹熄、擦火、吹熄，手法天真无邪，像个小孩。他忽然发现她与过往诸多女友中的几位长得类似，模糊的脸，冒着等待的烟。这使他霎时忘记她的名字，及她们的。

五小时以前他离开办公室，独自开车到这儿，打算湖边垂钓或睡觉，依习惯留一夜。他与她先后 check in（登记入住）。在柜台，她要了双人房，又改成单人房，最后嘟着嘴唇决定双人房。电梯中，他知道她的姓名，以及令人晕眩的圣罗兰鸦片香水。

"他喜欢做让我惊讶的事，不管吵得多凶。我想，他一定会来。你知道，我们一个月前就说好到这儿度假的！"认识四小时以来，她不断从话题中岔出，回到他身上。窗外的老人仍然来回走着。他想不起她的名字，握住她的手问："你喜欢我叫你什么？"她仍然握着他的打火机，不置可否地笑着："随便。"

他决定叫她宝贝。情人牢记你的名字，从不叫你宝贝；猎人忘记名字，叫你宝贝。

晚餐之后，他送她回房。她忽然转身问他："你……会来吗？"

他不置可否地笑着。

发表于一九九二年一月

产　权

夹在两栋装饰过度几乎到了荒谬的别墅之间，这栋屋显然太荒凉了，像个多年未理发的流浪汉破破烂烂歪在别人家墙根，芒草淹没门扉，底下一只女人高跟鞋、裂柄水果刀、保丽龙饭盒还闻得到时间的臭味，地上散了几根冰棒棍。隔壁那棵杏花往这儿探头，仿佛每年春天趴在墙头舔冰棍的小妹妹朝他喊："你吃饱了不？想吃冰棒吗？哪，给你！"丢冰棍嘲笑他。

她受不了这种想象，决定买这栋屋。一个半月后，流浪汉变成绅士。她钉上铜铸门牌时，哈口气牵衣角擦它，还种了棵高个子木棉树，她拍拍门好像跟谁说话："咱们明年开木棉花砸杏花的头，看她神气不！"

一颗水珠沿木门滑落，像屋子流泪，她心一酸，说："莫哭，往后都是好日子哩！"

泥水匠管粗活，她卷起袖子管细的，刷油漆、糊壁纸，几式简单素净的家具进了门,好像灶神、床头娘娘也来了。她连缝一天一夜沙发套、椅套、窗帘,完工时天蒙蒙亮,一只文鸟栖在窗格上唱歌,她知道屋子在对她倾诉,蒙眬睡去还叨叨絮絮:"你开心对不对……"

她喜欢腻在屋子里,拿它当个人,探索每个房间像探索人的身体。夏夜趴在窗口仿佛注视他眼底的月亮,这回换她流下平安的泪,她感受屋子以整个灵魂拥抱了她。

然而有一夜,她被叹息的声音惊醒,黑暗中仍能辨识来自屋子底层的沉吟:"我忘不了她,你永远不是她!"她下床,打开窗户,眺望远处黑色的山峦与孤灯,忽然想笑:人仰望夜空如仰望永恒之神,夜空俯视人如一条肉蛆,她果真笑出来,觉得在别人家做客。屋子沉湎于对上一任屋主的追忆,感慨地告白:"我的产权在她手上,你只是借宿的房客啊!"

第二天,她用红纸写了"售"字。

发表于一九九二年七月

记 忆 房 间

整个晚上，保持固定坐姿。手牵手推开小酒馆的门，铜铃喧哗。在挨窗的圆桌坐下，一对很黏的情人，酒保抬头。铃铛叮叮咚。

靛蓝桌布，深宫残殿的颜色，朱红桌垫上搁一只雾灰色陶土小鹅，鹅背插一朵风干艳玫瑰，蓓蕾像送入洞房途中忽然死了的新娘，完整的处女且来不及悲哀。

陶鹅朝窗，划不出胭脂海，似红海上一团鹅形灰雾，玫瑰沉浮，在雾中、胭脂海面及辽阔的死夜。她把鹅与玫瑰尸移到隔桌。伏特加，她说；玫瑰红茶，他说。冬雨敲打玻璃窗，寒流开始巡夜。奇怪，冷酒喝下去变烫，热茶反而变冷。他沉默。要喝一口酒吗？不，茶很好。逐渐保持固定姿势，眼睛朝墙壁，飞蛾般栖在鹅上，她斜睇，窥伺眼神变化，从鹅移开而后定在墙上几幅油彩花卉，中世纪少女侧影最后穿透墙壁进入记忆房间：烤火、晚餐、诵一首情诗给爱人听，春夜画眉鸟轻轻摇晃竹笼子就在屋檐下,诗有体温。她喝酒,轻轻摇晃玻璃杯,六盏鱼眼灯映入酒中,晃出细碎黄光,虚幻如宝石迷人。她知道他进入的记忆房间她永远进不去,却悲哀地看到房间摆设,像站在透明窗前看到炉火吹嘘晚餐的可口,优美诗句被声音抚爱后化成飞舞的白文鸟,多露水的春夜,与爱人在一起。两个人的记忆在此时交缠,互相承诺一辈子随时回到原点,再缠一次,再缠一次。

她悲哀地发现自己站在记忆房间之外用力拍窗,拍打虚空而已,房里人听不到。她是笨重的肉躯,冠"情人"之名坐在小酒馆喝烈酒的陌生女人。酒杯内的灯影仍是六盏,宝石般幻影,没有一盏引她进入自己的记忆房间。饮尽最后一口,薄刃划喉。现在时间十二点,她斜睇,怜悯地。她看到他的过去,他的现在与未来也属于过去,富丽堂皇的葬城。她轻轻笑起来。

手牵手推开小酒馆的门,她决定成为他的另一间记忆,他会开始爱她,而她习惯扑杀记忆。铜铃叮叮咚,叮叮咚。

发表于一九九二年十一月

红 纽 扣

她收集红纽扣有一段时间了,原来有一个,后来给人一个,恰好。

姐夫从马尼拉出差回来,送她贝壳做的六角形珠宝盒,挺小巧的,白色贝面闪着粉红色泽,像害羞的小姑娘脸蛋儿。起先,没打算搁什么,在计算机排版公司工作成天敲敲打打的,不方便穿金戴银,个性里也不爱首饰,除了姐姐打一只乾坤戒贺她满三十,再没别的了。有些东西搁在身边,耗时间而已。

姐姐说:"你啊,一点盘算都没有,晃啊晃的,上班、吃便当、下班,也不会交男朋友!"她不笑也不愠,提着便当挤公交车。交谁?成天敲别人家的故事、硕士论文,况且,还不见得敲全本呢!她觉得日子挺顺的嘛,姐姐干吗揉皱它。

姐夫拐她。说什么今晚吃馆子,你姐带孩子直接去。到了饭馆,姐没来,忽然一个男的坐过来。姐夫忙着介绍,这我小姨子，这我同事小沈，这家菜挺精致的啊!

穿红T恤的小沈接她下班，共进晚餐，吃饭时问："今天做些什么？""打字。"电影散场时又问："今天做些什么？""打字。"她想他是不是有健忘症？几天后，小沈说："我想送你礼物，喜欢什么？"她想起以前打过一本小说，男主角要甩女朋友前都会送礼物，小沈一定看过那本畅销书。她说："纽扣，就你衣服上的红纽扣。"小沈扯给她。她把红纽扣放入贝壳珠宝盒，尘埃落定了。有时取出来擦一擦，含在嘴里玩，好像含一颗热烘烘的心。

有一天，姐姐说：你姐夫的衬衫掉了扣子，你有没有红色纽扣？她把扣子给了姐姐，觉得缝在姐夫身上，蛮好的。

发表于一九九二年十月

隐 形 贼

小巷弄传出有贼时，正是秋冬之交。

比起往年，今年的秋天滑得太快了，一跤跌入初冬怀里，娇滴滴冒几天阳光又闹几场大雨脾气，倒苦了小巷弄人家，拐角大马路正在开挖，泥巴沙石瘫在那儿，进进出出的人像一枚印石，每日按几遍印泥，骂句"杀千刀的雨"一面找路阶刮皮鞋底的烂泥。如果季节运转也有人情世故，搞不懂摊了个烂泥巴印盒，到底闹结婚还是离婚！

都是旧人家，日子新鲜不起来也烂不下去的老式巷弄，大门一律红底白条，差别在能锁与不能锁。最早提出小偷入侵的那位妈妈公认是个神经质的，什么世代了，小偷进门啥也没偷，吃掉半条红烧鱼、沙发坐凹而已，简直侮辱大家的智慧。"头壳坏去啦！"她们说。

第二个放风声的倒是个精明人。她说，不对呀，谁帮我把后院的衣服收进来？几个妈妈围着她琢磨：短了衣服没？

没没没！她们共同的结论是：更年期到了嘛什么都乱了套，明明自己干的，一转身忘得可干净，你不知道啊，严重的还以为自己未满十八岁呢！咯咯咯笑得皮颤肉跳，这事儿到此为止。

只有她相信有贼。下夜班回到家，一股芬芳的橘子味飘浮着，夹在人走动时散发的余温里。她挺爱绿皮橘，酸得让脚趾头抽搐的那种。垃圾桶内果然有两份橘皮，一份是她昨晚剥的四大瓣莲花形手法，另一份破破碎碎，像小孩剥的。她把橘皮摊在桌上玩拼图。不像孩子，那些碎皮是后来用手撕着玩儿的，没撕筋络，籽吐得不全，倒像男人的吃橘子习惯。

是个有洁癖的人，刮过鞋底烂泥才进屋的。在停留的短暂时光里只吃一个橘子，他坐过的旋转藤椅朝向大门，静止，像坐在家里等待归人。

不是个贼，她想，是个伤过心的人。

发表于一九九二年十月

同 居 纲 领

事情演变到这种地步，双方都有责任，麻烦是，两人都想负责以致问题更僵，虽然每次讨论都谦逊地以"听听您的意见"开始，其实骨子里要对方听自己的意见。

交往四年后，在双方家族洪水猛兽似的舆论追缉下拟了草案，先同居为"婚姻"热身运动，一年内若无重大案件出现再议结婚事宜；若有，则以不毁损双方友谊为原则，迅速且和平地撤离。

他依约搬入她的公寓，原屋承租出去。在这一项，他做了迁就。然而，砍掉大部分家具的情况下，仍然无法在三十七坪大的屋子里安顿他的原木书桌、计算机及一张摇篮般重要的古董贵妃床。付过运费后，卡车开走了，他坐在大皮箱上喘气，这女人根本没依约定清出空间；看来不能怪她，这屋子已经没有空间了。他荡到盥洗室，天啊，一颗头颅需要二十一瓶洗发精、润发精、护发霜！为什么过去没发现她的物质繁殖力之旺盛？他归咎于激烈的性爱破坏大脑的空间感，以为她家大得不得了。

灾难总是呼朋引伴而来。同居第三天起她睡不好，那张双人床缩水了，性与睡眠是两回事，前者解决不了后者。她半夜抱枕头在屋内乱晃，为什么没发现他的睡相像土匪呢？她顿悟过去从未在彼此公寓过夜之故。这下精彩，她觉得自己的国度面临外寇，连睡觉的权利也被剥夺了。

"我给你两千，你去买水饺！""我给你两千五，你去买！"第四天因消夜问题引发政权争辩促使双方亮出"语言暴力"，冷战三十分钟后，双方恢复理智决定讨论"同居纲领"分配权利义务，第一条，连续讨论十天了，第一条还没出来。

发表于一九九二年七月

萤 火 虫

雨把山泡湿。夜很轻薄,允许你腻在它怀里似的。但是夜有它的洁癖,蹂躏你,如拈掉袖口上一只渴欢的萤火虫。

她从无意义的争辩中脱身,隔壁家的电视正在报告气象,有人呵斥孩子应该洗澡了。她下楼时,买晚报的邻人对她微笑。她听到报纸被摊开的声音,沿着楼梯上升,脚步声缓慢,拖油瓶似的,她觉得阅报者像每份晚报附赠的一个可爱玩偶。

如果能明确愤怒或生气倒是好的。她发动那辆破旧的五十CC机车。情绪是灯塔,她会清晰地看到船的形状、风浪级数、航程、方向以及渔获。她会知道坐标。当对方以严厉的口吻质问她,要求立即回答,她完全无法进入他的语系,不了解语言背后所肯定的意义是什么?而她脸上流露的天真无邪的沉默,接着被误读为恶意挑衅,引发更尖锐的语言攻击。她也知道依照常理应该"生气",可是忽然忘记生气的技术,像断臂人不知如何接对方递来的一杯酒。基于问答的礼仪惯性,她说话了,纠正对方某一个字的正确读音,接着听到玻璃杯被扫落的声音。她走出房间。

机车太旧了,像肺癌末期严重咳嗽。山路千回百转,这是好的,不需要辨认方向。她甚至不知道翻过山会到什么地方?海湾、悬崖还是墓园?潮湿的空气进入肺部,她感到肺叶舒放,雨针扎着肌肤,近乎缱绻,像被一个庞大且拥有猫般丰润毛发的情人抚慰着。车灯忽亮忽灭,雨丝忽明忽暗,她想,从半空看,她像一只在情人怀里骚动的萤火虫吧!

当她这么想,从山路回转处摇曳而来的另一盏车灯也是萤火虫了,好像被秋声惊动,各自从腐草中飞出,才发现天地间仅剩两只而已。她迎上前,想告诉对方萤火虫是很浪漫的虫子,却听到撞击的声音。

没有人知道萤火虫的典故,只好当作不切实际的遗言。

发表于一九九二年十一月

玻璃夕阳

饭厅窗旁，高耸的木柜配玻璃拉门，往下凸出一条长方形平台，当作厨房与饭厅的转口站，偶尔扮演小酒吧。现在，她坐在高脚椅，双肘挂在平台上，手指耙抓头发，动也不动。从背后看，像一尊刚出土、崩了角的石雕。

黄昏时刻，有人回家，有人离家；有人手刃故事，有人正要开始。她慢慢抬头，看到一轮完美夕阳映在灰蒙蒙的玻璃门上，鲜血般色泽闪耀强光，如沸腾的银液浇在红日上。玻璃布满尘埃，使红日染上一层暧昧的污影，仿佛来自夕阳内部的黑暗力量，企图咬破红日之核，瞬间吞没一切，不吐骨头。

她被吸引，凝视着，忘记自身正在参与的故事——依照故事进行的逻辑，现在应该哭泣。然而，竟有不确定的愉悦在她观赏玻璃夕阳时流泻出来。她嗔怪自己多年来熟悉这栋房子每件器具的位置，却从未发现木柜玻璃上的诡谲夕阳。

她归咎自己很少在夕阳西沉时回到家，而且柜子里外塞满杯盘，花瓶也遮蔽了风景，就像人惯用无数的假象和谐，遮蔽真实内心。

柜子空了，夕阳很清楚。她静静欣赏叠印在玻璃夕阳上自己的那张披散长发的脸，暗影中轮廓柔和，表情平安，好像终于认清自己是跟随夕阳到世间做客的孤鬼，不再占据故事，亦不抱怨所有的故事终归是他人记忆中的赝品。她迷恋自己的脸被夕阳压黑的感觉，浩浩荡荡的世界跟她无关了。

踩过满地瓷片、碎玻璃杯，破腹的陶瓶仍在淌水，几朵红玫瑰横尸在一条油煎的鲳鱼上，焦黄的鱼眼瞪着她。

朝夕阳沉落的方向走，黑夜很快掩护一个离家出走的女人。

发表于一九九二年八月

末班车上的女人

她从困盹中醒来首先看到黑夜，黄、白灯球散落于荒丘与乱野之间，像魔火正在焚烧山根。她有严重散光，世间风景在她眼里非常虚幻，尤其夜晚，灯光漫漶成火海，吞噬蝼蚁人间。夜风饿虎似的扑入胸口又呼啸而去，她朦胧觉得心肝被掏了，只剩无血无泪的躯壳在回家的末班车上。

"总讲一句，伊笨到有剩啦！"就是这句话吵醒她，夹在轰隆的车声中仍不失匕首般锋利。她找到说话者，坐在门口第一张单人座的臃肿老妇，左脚拐住夜市摊贩用的塑料布包，右脚大剌剌悬空顶着扶杆，扯开嗓门对司机叙述某个女人被丈夫遗弃的故事，一面利落地抽烟。司机猛踩油门，车身颠簸得快要解体，从答话中，才发现司机是个声音夹沙的中年女人。她坐在司机背后第一张单人椅上。

"台湾没一条好路！"女司机吼着，字字砂石，使狠超过一辆垃圾车却被另一辆挡着。臭味灌进来，她懒得关窗正在寻思"没一条好路"的双关语义。附近进行重大工程破坏路面是真的，但也用不着吼叫。她想女人的心肝被掏出后肉体会不会发腐？有没有垃圾车专收发腐的女身，在没有一条好走的女人路上？那副心肝泡过咸泪后会不会生出新形体？

车内只有三个女人，那名被激烈谈论的女人替她们划出神秘的四角关系，仿佛女人的生态循环链。她感到强烈不快，抗拒进入循环，但那位无形女人却像磁铁吸住她，使她出乎意料插话："有给赡养费吗？"老妇转头，愤怒地："免想啦！伊笨到用伊尪的名买厝，现在才会一身空空……""免！有本领自己赚！"司机挥手打断，像个权威的霸王训斥喽啰。她才知道司机离婚五年了。

下车后，她感到惊怖，车厢内有一把诡异的魔火，把四个女人焚成男人。

发表于一九九二年五月

密 探

她筹钱顶了家面店,重新装修改成"茶亭",当起老板娘,地点不挺好,埋在深巷狗吠、水电修理行的闽南语流行歌中,招牌委委屈屈悬在门口像个哑巴。所幸附近有一所职业学校,学生泡得起五十来块的,日头愈毒泡得愈久,一大票窝在这儿聊天打情骂俏,她圈在柜台后打果汁摇泡沫红茶,看他们大概像看童话故事书。青春只不过一片口香糖,我猜离异之后,她更加觉得每个人都得自行处理残渣吧!

台北的天空下,真的东西看起来像赝品,假的似真。每个人有一套包装记忆的方式,拆除过去建筑改建成现在,就像我坐在她的店里啜饮水果茶,无从判断这里曾是一家面店。她身上也看不出过去痕迹,干干净净而且沉默,偶尔的微笑只让我觉得她更疏离彻底了。

我后悔答应他当密探。都一年了,还要以前夫身份请托侧面第三人偷偷代他探视前妻过得好不好?我念他一片诚恳，不称斤两就答应了。

"你告诉她，有个'朋友'很怀念她做的柠檬红茶。"算是任务吧！他给了我住址，九弯十八拐的，想必早就掌握情报，只是不敢现身。她知道吗？期待过吗？知道又怎么样？离港的船会在意港湾的天气吗？

她变了个样，至少跟他描述的不同，没请助手，一个人挺着。这种外表看起来温和沉静、不争不吵的人其实最棘手，一旦死了心，魂是叫不回来的。所以我一落座就后悔了，就算他自己来，可能也只得到温温的一句："先生，喝点什么？"

泡了快半个钟头，点了两份冰茶，一份替他点。想起任务，不免支支吾吾问："你……你不卖柠檬红茶吗？"

她浅浅一笑，说："试过，会变苦！"

密探像个哑巴似的走出茶亭。

发表于一九九二年六月

不 为 人 知 的 祝 福

    一批寒流刚过,气温接着回升了,阳光是有那么几绺,牵牵绊绊搭在大楼公寓的后阳台,或小公园内病恹恹的榕树梢,像书香门第搬了家,总还有几页脱线的古诗词留在大宅院里,让人读不出是风雅还是衰败。

    她挨着窗,午茶第二泡了,无目的地看着对面大楼后阳台一个洗衣妇人的侧影,倾斜的阳光正好投照在铁栅及热水器下方,洗衣槽也在那位置,妇人专心搓洗,头部忽阴忽晴,像个机械人,铁栅上搭着一只拖把,心痛如绞的样子,倒比洗衣妇更有人味。她看风景看痴了,搁在桌上那袋不动产所有权状及财务清单、计算机,倒像别人家的功课。女侍端来糕点,又添了沸水。

    代书拨她手机,说要晚半个小时才能到。多出来的时间令她发傻,既不想回忆也不愿绸缪什么,这一个月以来她像个战兵,谈条件、清财务、约律师、办离婚、迁户籍、卖房子,她其实不喜欢这样快刀斩乱麻，一个女人一旦不哭哭啼啼了，那种公事公办的效率伤的是自己。她宁愿自己哀怨些，有些伤心的实况，可她做不来了，连这宝贵的半个小时都用不到自己身上，痴痴地看那妇人开始晾大大小小的衣服。

一对年轻男女坐在她后面，嘀嘀嗒嗒几句话后开始讨论地段、坪数与租押金。她的副业兴趣来了，因此很自然收听。数年婚姻生涯最大的成功是她发挥了房地产长才替双方累积财富，要不，这婚也不会离得这么干净利落。看来是准备结婚的无壳族，她好想转过身传授门道，终于忍了。也许，共苦时光才是婚姻生涯里最让人刻骨铭心的吧！

她在财务清单背面无目的地画，正面的数字透过来像美好的虚线。她画一幢有庭园的房子，绿树高高地在窗前拂动，结着累累的果实，烟囱有炊烟升起。她全心全意要把它送给那对即将结婚的情侣，她要祝福他们白头偕老。

一滴泪滑了下来。

发表于一九九二年十二月

拖 鞋 志

太阳出来的时候，小朋友上学，妈妈们牵着菜篮往市场走。狭仄的巷弄滚过一波乳脂味，那是孩童口中哈出的风，迎面几个挂杖老人爬山归返，砍了几枝带露粉樱，颤巍巍地晃着零碎的红影，叉枝上顺便挂一副烧饼油条。老人们杵着不动，让孩童喧哗穿过。阳光正好沾住樱花上的水露，闪出光芒，像一只惺忪的眼睛，邪邪地看世界一眼。

她拉开窗帘，瞧见捧樱老人拐入小弄，又站着与邻人闲聊，无非是几句哼哼哈哈街坊芝麻话，她完整地看到那枝垂樱从老人肩头探出，仿佛穴眠数百年的古代仕女被踏山者拦腰抱走。她知道此刻她醒了，朝这陌生世界某个掀帘偷窥的女人缓缓抬头，她有些恍惚，像看见一把水底捞起的枯骨，湿淋淋地向她吐露酡红的遗言。

难得出太阳，光影一绺绺地吹进室内，停在泛潮的白色地砖上，她看见卷曲的枯发沾黏地板，日子也曾粉身碎骨吧。

梳妆镜蒙了一层薄尘，不客气地数落她的病容，一只印花玻璃杯剩几口鲜奶，恨恨地站在梳妆台上干成蜡黄。她的手拂过镜面，看清自己了，腐败的青春，她竟然笑了起来。

她不记得这阵子怎么过的，只记得窝在床上听雨水，天花板潮够了开始渗水，涎出一条小河弯弯，猥亵的，好像被斩首的人口中流出的憎恨。她一直盯着，不发表意见，看久了也很亲切。

那一天也下雨，他提着两瓶鲜奶探她的病，拉出梳妆椅大巴叉坐着点一根烟，清了清嗓门说："怪潮的，怎不叫你房东修一修天花板！"她坐在床上抱着大棉被，瞧那面雾镜冒烟，绕着一个男人的后脑勺，那条水痕一寸寸往下抽长，她倒觉得这幅景象可以印成画片，裱框挂起来。荒凉，也可以很悠哉地变成风景。

"好点没？"他问，口气是不冷不热的。

"好多了。"她说。

他看了表，说要打几个电话，往客厅去。她比谁都清楚她的卧室就像一艘破船，那人是来解缆绳的。他的声音热热闹闹传来，像乱了套的鼓点。他高声说："好好好，待会儿见。"她明白他的意思，不能久留。她一向像水晶玻璃把人心看得透彻，多年前有人对她叹气：你就不能迷糊点吗？太精亮要碎的。她回说：放心，碎了割我自己。

他撑着笑回座："药三餐吃了？"

"吃了。"她说，又追几句，"其实，没什么大不了，虚弱而已。你忙，犯不着来。"

一室安静。他踱至窗边，拉窗探了探，"砰"又关密，坐下来，抖脚。她自心底怜悯这个人，他要她开口的，就像所有在她身边停留过的情人要她收拾最后一刻以成全他们的无辜。她其实心怀感激，不免分外留恋每一次挥别时刻，她要慢慢看着它进行，把每一丝感触记得牢牢的，让它由漫散而渐渐凝缩成她胸口的一颗小痣，跟过往收集的痣点聚在一块儿，像焚焦的星子。

"客厅那箱是什么？"他想起，问道。

"没什么。"她说，"公司忙不忙？"

他耸了耸肩，两手摊着："明天得出差几天。"

她把头搁在膝上，眼前这张脸她曾经抚慰过，熟悉他的胡楂分布与触感、睡眠时的怪癖与翻身的重量。她感到晕眩，好像阅读一本装帧错误的小说，激越的情色章节与送葬行列交编，她仿佛看见披麻戴孝的抢哭队伍中，一对裸裎男女正在棺材上做爱。时间冷峻地站在掘墓人挖好的土坑旁冥思。

"开车来了吗？"她微笑地问。

他的表情隐藏一丝勉强，迟疑着，不知该说有或没有。他们常在夜间出游，她总是问他："开车来了吗？"虽然已知他开车来仍要这么问，这句话已变成她的口头禅，接着她会提议出去走走，像两只快乐的昆虫在台北都会觅欢。她的记忆一面向后逆溯一面向前推衍,那些不轻不重的情节或多或少构筑她与他共同的生活内容,她默默地夸大它、粉饰它,使它成为不可缺少的城墙。现在,她得拆墙,而他只顾忧虑若她又要邀他出游,该拉什么理由遮一遮。

"如果开车了,你的那箱东西正好载走,都在里面。"她看他那副忐忑、为难的表情有些不忍,干脆挑明讲话。他望着窗。

"我留下一样东西……"她说,开始听不见自己的声音,好像有一头饿兽躲在耳内吼叫,但她知道自己会撑到最后一刻不出错,这些熟悉的戏码曾在生命中上演无数次,甚至连下雨天也是借尸还魂的,为了冲淡割情者的尴尬。

"我留下那双拖鞋做纪念,不重要的。"她决定好好地看着他,"你该走了,再晚,又要塞车。"

他怎么走的?她不记得了,只记得后来有点饿,倒杯鲜奶喝,她还看了印在瓶颈的保存期限,嗔怪这个男人粗心大意,连只剩一天就过期的牛奶也买。

冬日太阳像生过病的莽匪,大手大脚晃出来,可是虚弱得提不起刀。她觉得做点什么事才好,该晒的东西太多,总是晒不干。

她打开鞋柜,一股霉湿味扇人耳光,皮鞋面长了青斑,鞋尸似的。底层,整整齐齐一对对毛茸茸的拖鞋仿佛冬眠,各种颜色都有,虽然厚长的绒毛压扁了些,也还看得出卷毛狗般的气派。她就是喜欢这种趣味，穿它的人一前一后走路，好像遛两条吱吱叫的名贵小狗。

她为每任情人准备一双，专用的，每一双都保留它的主人的脚形与走路的样子。她将它们一一取出，晒一晒也好。散置于地板上，一群五彩小狗，被割了声带的，她数了数，十四只小狗，七对。

不，十六只才对。她冲入卧房，掀棉被，打开衣橱，那双红毛拖鞋呢？放哪儿去了？她宛如迷途野兽闯不出丛林，连厨房的碗柜也找了。

阳光一寸寸萎落，哔哔剥剥的声音。就在她走向那群杂色小狗时，赫然发现那双红毛拖鞋正套在自己脚上。她低头凝睇，仿佛听见从遥远的山谷，两只火红的幼犬向她跑来，吠叫着她的名字。

她忽然明白，自己是自己的最后一任情人。

发表于一九九四年四月

口 红 咒

她的家人撬开梳妆台抽屉的那日，是个阴郁的午后。夏天接近尾声，顶多再来个轻度台风，下几天雨，时序一旦入秋，这一年也差不多要入土为安了。他们像往常一般过日子，好像半身瘫痪的人在复健器材上运动，习于不断重复，日子一久，也萌生一种本领，把不属于轨道上的意外事件从脑海里切除，由于没有储藏额外的记忆，整个人生看起来是那么的祥和。

如果没有人再提起，她的家人差不多把她忘了。这也合理的，虽然同住一栋公寓上下层，平日鲜少碰面，有事也是打电话。两个兄弟分住五楼左右户，她一个人住顶楼加盖的套房，大家各自关门过日子，有时在楼梯口碰到了，打招呼的方式也是客客气气得像个邻居。

事情演变到这种局面不是没理由，但权衡之下，适应现况远比追溯根源重要吧！就这一点，他们兄妹三人倒是一致的，所以谁也说不清楚从什么时候开始这栋自家老厝改建的新式公寓变成公共港口，各泊各的船只，各管各的航向。兄妹、姐弟三人从原本话就不多到见了面没什么话好说到能不见面就不见面，多少与"地主保留户"出售的盈余分配有关。

她伴着中风多年的老母亲在两兄弟家轮流住，也不过是对门，但亲兄弟也要明算账的。去年，老母亲收齐了气力想说服两个儿子、儿媳拨一些尾数给年逾四十出阁无望、服侍她多年的女儿。这事当然强人所难，父亲生前老早把权状分割清楚，按照惯例，女儿迟早是外姓人，不能分祖产的，母亲又不是不知道这些天经地义的道理，怎么老病到头脑也糊了。那阵子，兄弟两家忽然异常亲近，什么事都有商有量的。他们谁也不想吐出银两，又不愿违逆残烛般的老母，让亲戚说他们不孝，遂推敲替代方案，决定在顶楼加盖一间小套房给她，随便她爱住多久。那日，两兄弟特地穿戴齐整，在母亲床前慷慨禀报决议，说得地动山摇的，连老天都要流下感动的眼泪。

她一副事不关己，坐在床边帮母亲按摩背部，后来索性窝在自己床上看杂志。床头上的铃铛一阵乱响，一根线拉到母亲这边，以便半夜需要如厕时可以叫她，哥哥不小心碰到，她伸手捂住铃铛，房内恢复安静，兄弟俩又继续铺陈加盖套房的建材问题。她杂志也不看了，从枕头底下摸出小镜子，又从口袋掏了一支口红，慢慢旋出，好像从花房把蝴蝶诱出来般全心全意，擒着小镜以一种足以唤醒墓园的神情搽嘴唇，轻轻抿两下，又利用唇膏的侧锋勾出唇形，营造立体感。她似乎不甚满意，掏出另一支色调较深的口红，加强下唇色泽，看起来像天光拂掠远近山峦所造成的移影景象。桃红色口红带着春天的绮艳，衬着她那张苍白、枯槁的脸，分外明媚颤动，仿佛被浓雾封锁的遗址上挣出一株野桃花，不管天高地厚，喧闹地诉说它自己的欲望。

兄弟俩愣了，眼前这位套着睡衣，用橡皮筋束头发的老女人，怎么看都是上不了台面的外人。那张红嘴令他们焦躁起来，做哥哥的沉得住气，谨慎地把"仁至义尽"四个字夹在豪迈悲壮的说词里，他心底盘算，得快把顶楼盖好，一旦母亲的日子尽了，让她搬到上面去，对大家都是解脱。

做母亲的，恐怕是终于从鱼仓里替女儿捡了一尾小鱼，良心上舒坦起来，看样子也没什么事可以耽搁了，不多久再度中风而逝，时间上也掐得颇为精准，顶楼套房只差安装电灯就完成了。

兄弟俩率领家小，在母亲遗体前哭得肝肠寸断，而她仍然是那副外人神色，眼睛定定地看着地板，好像看穿底下有一座汪洋似的。丧礼办得备极哀荣，比菜市场还热闹。事后，他们看录像，才发现那天她的手上握着床头铃铛，一张嘴搽得跟妖精一样猩红。

丧礼之后，她搬到顶楼小套房。

有经验的人都说那是宿命,据此推算她这一生是来还债的,老母亲一死,债还完了,她也没理由再在世间溜达。兄弟两家都认为这种说法睿智,去除了生者与逝者的尴尬。他们聘请道行高深的法师、道士到那间套房诵经安魂,顺便为两家除魅祈福。除了大溽暑令他们不适外,大家心里都承认,她自己了断,也是识大体的。

如果没有人再提起,她的家人差不多忘了有过她这个人。

套房空在那里也可惜,租出去好歹有个收入,再说,换别人住也可以去除那间房留下的秽影。他们决定稍事整理,把不宜留下的东西清干净。

那座梳妆台着实不祥,原本是母亲的,后来换她用,两任女主人都走了,杵在那儿怕会变成野鬼窝。为了抬梳妆台,他们才发现有一个抽屉上了锁。

做哥哥的拿着撬具,满头大汗治它,一怒之下换用榔头敲,面板敲落,突然"哗"地掉出一堆东西。

都是口红。他吓软了,仿佛捧着一抽屉四处乱窜的蟑螂一样,脸色惨白起来。

两百多支口红,各种颜色、品牌都有。还是女人比较能了解口红的诱惑,做太太的忽然像个孩子蹲在地上——检视口红的身世,有的用过了,有的大约只搽过一次。她不免陷入痴迷,旋出口红,在手背上试颜色:粉橘的、蜜李的、酒红的……每一种颜色都像一种言说,激情如大雨中野地姬百合的舞影，贞静似月光下舟子的酣眠。她的脸上露出狂喜，擒着一管桃红的，对着镜子细细地搽起来。

她回过身，妩媚地看着丈夫，嘴角似笑未笑。两只颤巍巍的白手臂上画着两百多条颜色，好像数不清的软湿舌头喧哗地诵念它们对世间的嘲讽，不带一丝感情。

发表于一九九五年八月

者走邊長的時光流程裡回顧往昔、從字裡行間憶起舊事時當下的感觸，因此，嫌高亢的，改成低吟，嫌繾綣的，嫌張揚的，加倍隱藏。些預於文學層次之要求，卻能讓邁向暮色之路的作者放下：當作今生已結束，留下的都是美好。

二〇二一年自修訂記

一九九六年出版的《女兒紅》是我鍾愛的一本書，收錄一九九〇至九六年期間（唯一例外是〈四月裂帛〉，成於一九八七）蓄意以女性為主題的作品。

這本書出現三個版本：一九九六年九月洪範版（初）、二〇一九年二月洪範二版（主要大幅修訂其中一篇文章），以反映出這個全面修訂後的「定本」。

這三個版本，對讀者而言，不管看到的是哪個版，都是初相遇，一遍即完成，沒有差別。有差別的作（是）

簡媜

213